吹

晨星文學館 10
人
（原名第八節課）

汪笨湖 著

目次

自序

缺陷美

它一夜甜睡，
滋潤風采的顏容；
脱掉黑色睡袍，
著上艷黃新裝，
猶思那露珠吻別，
西風糾正她的舞姿。
陽光烘乾清晨的符號，
上帝莊重囑令著；

「溫情使者
汝的聖名爲金菊
降生於原野
補綴自然色彩的和諧
安靜浮躁之人心
雖
　海浪是耳聾
　花朵是啞巴
　浮雲是瞎子
但
　人類卻皆是
默祝這缺陷世界的新生
美哉」

後記：我的寫作理念，一直在追求人生的缺陷美，提著光明去照亮社會最暗的黑角。所有的社會事件，提出來檢討反省時，總是以仁義道德來結尾，試問世上有沒有聖人!?

只要以人稱呼，就擁有七情六慾的人性，所以聖人是不存在的。

人生眞的無法十全十美，那你我本應互相容忍，相互有責任，共同生活在這地球村！

好像老兵晚年得子，而面對那麼多醜惡的臉譜，仍高興地說：「老婆生孩子，謝謝大家的幫忙。」

汪笨湖

一九八八・十・十五　臺中

第八節課

即是小女生下課後到
男老師宿舍上生理衞生課……，
他一直喜歡小女生，
眞的發於內心喜歡，
像慈父般……

1

寬敞的禮堂內，灰冷的牆壁，碎石嵌牢的地板，鐵冰的長排桌上，一席席的白布，被寫上字字血淚及痛惜。落筆之人綻露笑容自信地審視這一副副的傑作，他慘白的臉龐出現的詭異表情，彷若死神冷酷地嘲諷人生！

「哎！這個月死了這麼多人，我們的典獄長眞是交遊廣濶啊！」

「喔！教誨師，您好。」

暮氣沈沈的死地，因傳入福音而甦活，落筆之人迅速收斂笑紋，向這位悄悄蒞臨、身穿青年裝的獄官恭敬執禮著。

獄官有點故弄玄虛，又說：「于超啊！把剩餘的白布通通先寫上大字，而空下中獎人的稱呼，以作爲明後日的備用。」

于超很敏感地自摸頂上的三分頭，好像突然長出一團自由風尙的黑髮！他慣性低聲下氣說話：「這樣不太好……寫書法的人最忌諱……詛咒他人早日歸天……」

獄官聞言，頓時拉下臉說：「于超，你想抗命？我把你送入犯責房！」

「不敢！不敢！請教誨師原諒……我……我……馬上動筆……」

「于超，你已經沒機會了……」

「教誨師啊！原諒……原諒……我一時說錯話……請您原諒……」

「哈……哈……哈……于超！看你嚇得像夾尾狗？人家那些兄弟人越關膽量越大。」

面呈土色的于超，緩緩鬆口氣，嘴角乍浮忿意，但迅即隱誨成討饒的可憐樣，他內心卻悍然驕情著：「諒你小小的狗官，也不敢動我一根汗毛，監內大大小小的毛筆字，還有典獄長的紅白人情字，都是恣我放手揮灑……」

「于超，抽根菸，壓壓驚。」

「這……太公開了……」

「你大大抽兩口，不必拿回舍房去做人情了，你的假釋條已到，下午，就放人了！」

牢裏的受刑人，似動物園中的猩猩，表現良好時，管理員動輒權威式施賞。于超謝主隆恩的接過獎品，卻茫然地咬斷了長壽菸的濾嘴，滿口辛辣的菸絲，就像他被關禁得有苦難言。

于超惴惴自摸頂上的三分頭，臉上浮起又喜又悲的矛盾情結，他原本似徜徉於大自然的猩猩，歷經一番狠命的掙扎，方被抓進牢籠。四年多來，住過飽受欺凌的看守所，移送倍受歧視的大監獄，才轉送頗受善待的小監獄，這番血淚交加的人生際遇，正如他在大陸投筆從軍、戰爭磨掉青春年華、來臺復學轉教於某僻鄉小學之苦盡甘來命運的縮影。

馴服的猩猩，雖失去自由，但已習慣不愁吃喝的日子，如今將要回歸於大自然，則面臨生存競爭的恐懼，更要命的是于超背馱著臭名萬世的汚點且散盡家財又無親無故的悲涼，自由地似乎沒有容他之處，于超哭喪著臉說：

「教誨師，我……不想……假釋出去。」

獄官不禁笑出聲，暢言道：

「老于，你越闊越糊塗了，如果有一天監獄的大門打開五分鐘，保證監內的受刑人傾巢搶先，萬一被擠死於門口，也值回代價。下午，你就走出高牆了，能隨意抽菸，放聲講話，嘿……嘿……要去旅舍召個女人溫故知新啊！」

「我……我……在這裏很好……很好……我……還需要安靜……」

「去你媽的，監獄不是療養所，不能養你一輩子。你的刑期還剩三年，如果你不報假釋，三年後還是被掃地出門。老于，你的年紀不小了，趁早出去還能謀個生活。」

于超還想申訴，但被獄官冷酷地駁回，當初他的官司由地院連打三關至最高法院，每次申訴時，法官皆以敵視眼光掃射他，所發下的判決文，總是「爲人師表，猶不可饒恕……」判筆一揮：有期徒刑七年六個月。

「老于，你就爲本監做最後一件善事，把老典的人情輓聯收拾妥當，準備收封吃午飯了。」

獄官似乎珍惜這道最後的派令，畢竟于超這手工整精藝的毛筆字帶給獄官長期的運亨通呢！于超似妓院紅牌的臺柱，任由貪婪的鴇母到處推銷，他卑微地大小承納，所得的潤筆費，只是幾根香菸。但在監牢裏，香菸貴得像高麗參，而擁有暗菸來源的受刑人，是受到難友們的巴結及奉迎。

按照常理，于超在獄官面前，是條被踩扁的蟲，但擁有最具威力的祕密武器後，回到舍房，應搖身一變是條呼風喚雨的巨龍！可是置身於惡人族中，本性怯弱的他則靠以香菸來孝敬室友方能苟且保身。

獄官在旁監督于超收拾輓聯，於牢中，有充分便宜的時間，所以凡事慢條斯理拖磨一番。而獄官沉吟片刻，卻反常地急喚著：「老于，快！快！趕快來收封。假釋的手續是下午三點的事，你就犧牲午休，把我那篇讀書心得報告快快完成，否則你下午就走了……」

于超喃喃暗咒：「吸血蟲……吸完最後一滴血……」他首次放膽抗命，故意將墨汁傾倒，黑水氾濫了整個桌面！

獄官見狀，破天荒地高擡貴手，拿起抹布幫受刑人擦淨桌面，但仍心不甘情不願的說：「老于啊！動作要恢復敏捷了，不能笨手笨腳呀！否則返回社會的第一關，我看你過不了馬路。」

收封後，回到舍房內，室友們聞悉于超將出局了，馬上舉行畢業典禮。

典禮開始：畢業生禁食最後一餐，以討個吉利。

室長致詞：感謝老于長期供應菸草，所以報他一條明路，如果老于再想吃嫩草，請至華西街。

主角感言：我出去後，會很快忘掉你們，在這個世界上，我已經沒有朋友了，我的東西都要帶走，不留下任何紀念品。

典禮掃興地草草收場，室長挑釁地推碰于超，只能低聲粗罵著：「幹伊娘，死老猴，搖擺那個朝代？」

于超則不甘示弱，大聲評理說：「你只會弱肉強食，那有江湖正義感？」

「嘿……嘿……」室長摸著大肚子，陰邪笑了幾聲，突然欺身上前打了于超一拳，小聲警告著：「死老猴！敢對我大聲？你不要以爲下午就假釋出去，而反面吃好膽藥！幹伊娘……」

那知，挨拳之人善知對方的弱點，仍大聲評理：

「有種的話，就說話大聲！」

「死老猴，你小聲點，否則我動手了……」

「打吧！我今天偏要大聲說話。」

「幹伊娘……小聲點……戴帽子的快來了……小聲點……」

「我，操你媽的……」

于超罵出入獄來首次粗話，但只說了三分之二，還是省略了要害地，就在室友的勸說下，暫時熄火。不久，一陣陣吆喝聲，管理員開始例行的點名，結束後，整排舍房陷入一片睡寂。

于超當然睡不著，勉強閉目養神，等到室友全部安靜了，他才悄悄坐起，拿出紙板墊底，準備完成教誨師所交待的功課。

平日泉湧的思潮，似乎乾涸了，他提起千斤重的筆，百感交集下，稿紙一片空白。此時，他的耳朵卻響起窸窸窣窣數落聲：「左手上捧聖賢書，右手下摸幼齒的雞巴，哼哼哼，師表禽獸……」

于超頓時動怒，雙眼噴出火焰，熱遍舍房內。不知好歹的室長仍閒散摸著肚子，尖酸地低聲細語，針針見血在損人！

舌戰再度掀起，于超不平的說：

「我不想吵醒室友們，所以小小聲對你說，做人不要太過火！」

「我也小小聲對你說，你平常裝得像隻夾尾狗，喔！假釋令一到，衰狗變惡犬了，見人亂吠，又敢頂撞我？還有室友們沒人稀罕你會留下什麼日用品，少自擡身價。」

（註：出獄的受刑人，通常會把剩餘的日常用品留給在監的室友。）

「好吧，好聚好散，我不多說了，也請你閉嘴。」

「嘴巴是我的，愛說就說，你不做那傷天害理的事！還怕別人說嗎？」

「監所關的人，有好人嗎？你就是不折不扣的大壞蛋！」

「幹伊娘，死老猴，你的嘴眞硬！有種就不要假釋出去。」

「好啊！有種就大聲說話，大聲！大聲說！引來戴帽子的……」

于超節節提高音量，彷若夜深寂巷唐突的吵架聲，格外刺耳驚心！嚇得大肚仔又急又怒趕緊佯作熟睡。靜寂了片刻，長廊則傳出由遠而近的皮鞋聲，大肚仔的額頭直冒冷汗，惴惴地向于超軟硬兼施懇求著：「老于，你下午就出局了，恩怨一筆勾銷。戴帽子快來了，你全部擔起來，不要害我被處罰啊！」

蹬蹬殺伐聲，卻停留在隔舍的門口，清脆傳喚聲夾著沉重的開門及關門聲，不久，管理員帶領會客的受刑人急急離去了。

于超及另外的室友們，已經強忍不住了，終於捧腹、噤聲、咬緊牙關苦中作樂一番。大肚仔羞紅著臉，頗不以為然細聲斥責著：「假猶的！假睏的！你們有種就大聲笑出來……做犯人漏氣像漏水，眞平常啊，識時務卡要緊。」

室長的話，是牢裏的金玉良言。

從臭水溝挖出的東西，都是臭的，所以兩人對罵，臭彈其他室友們，不久，大家臭彈相投，細聲地罵成一團。

八個人的小聲吵架，引來一聲喝令，「碰」——舍門被打開，出現一位天神，威武宣旨著：「你們這房雜役，都是特殊份子，所謂有行情的！今天算你們翻船，碰到我這位最沒有行情的管理員……」

結果，除了于超外，每位室友的脚底都挨了五下的皮鞭。

午休結束，放封時，挨打的室友們，皆以鄙視的口吻對于超說：「感謝你的臨別重禮，使大家寸步難行，以後社會見面，再來報答。」

于超雖對室友們不具好感，但促使他們連受皮肉之痛，除了室長活該外，其他的人頗令于超頓感抱歉，尤其于超本身又免受鞭責，這更令室友們咬牙切齒！

一排排受刑人，開始起步上工，整幢舍房轟轟震動起來。于超獨處斗室，靜靜聽那奴役兵團故意拖曳的脚步聲，一股莫名的恐懼感令他舉起雙手掩住雙耳，甚至緊緊擠壓著。

當年，日軍長皮靴酷酷的踐踏聲，驚破他的青春夢！

那夜，家長農鞋拖鞋圍圍的雜遝聲，刺破他的逍遙夢！

禁見的彼時，度日如度年，那長廊清脆的皮鞋聲，來來去去，一再蹂躪他飽受羞辱、驚嚇的心緒。

他付出血淋淋的代價，才習慣各種輕重的腳步聲。

而此時，屬於他安身宿命的拖曳聲正逐漸遠去消失，他像被遺棄於沙漠的旅人，無助地禱告：「求上天救我……助我……不要拋棄我……」

「于超！于超！286號！」

「有！我是286號。」

「于超啊！你樂昏了頭？在呆想什麼？」

天神般的管理員已打開房門，又繼續吆喝著：

「于超，提起行李，走吧！忘掉286這個號碼，恭喜你了。」

「謝……謝……」

于超忙於回話也忙於打包行李，滿臉盜汗打滑了鼻樑上的眼鏡，嘴巴吐出熱氣矇矓了鏡片。一不小心，打翻了整座雜物架，剎那間，室友們的棉被及雜物傾覆而下，頓時滿室狼藉不堪！

「哎啊……哎啊……糟透了……對不起……對不起……」

「他媽的！于超你造反了？不要樂極生悲啊。」

管理員看多了這款「假釋出監的症候羣」，於是做個順水人情，就說：

「走吧！不要整理了，時間不多……」

「可是……我把舍房弄得亂七八糟……」

「反正你出獄了，他們罵得再難聽，你也聽不到了，快走，這是命令！」

于超還是於心不忍，索性留下己有的日常用品，以作爲補償，只拿走私有信件及日記，該走得心安理得吧！

管理員有點訝異問著：

「只有這些東西嗎？再給你五分鐘，好好找出自己行李。」

于超作個深呼吸，挺起胸膛，出人頭地的說：

「已經夠了，一切從新開始。」

2

五年前，盛夏，僻鄉的一所小學。

蟬鳴起哄知了知了，叫得學子無心上課。

校園聽煩了驪歌練唱，畢業班同學無心憂傷。

中午，嘴巴最忙，吃飯或說話。學校的擴音機，先播愛國歌曲，續放兒童音樂，偶而插播有事找人。

「于超老師……于超老師……請到校長室……」很平常的有事找人，但每次皆引起某些老師竊竊私語，尤其兼職福利社經理的林老師，更嗤之以鼻的說：「又在召開浙江同鄉會了！」

于超正忙於梭巡各級教室的營養午餐配發情形，文質彬彬的他，掌理起庖廚之事，卻讓伙房的工作人員戰戰兢兢！

因爲于超精藝書法，所以養成一絲不苟的精神，諸如伙房的環境衛生、餐具的清洗、菜肴的色香味、進貨買菜抓斤兩等等，他皆以落筆嚴謹的心態來苛求人家。

而最大受益者，當然是濟濟的民族幼苗，能享受到衛生、豐饒的營養午餐。但苦了伙房的工作人員，於背後替于超取個綽號：「神經超人！」還有另位最大受害者，是福利社經理的林老師，眼看小朋友吃得飽，相對降低消費意願，油水也流失了。

于超聽到廣播，邊走邊推眼鏡，汗也來不及擦，就直奔校長室。

到任才一年的校長，是不善交際且兩袖清風的老教育家。自認無法適應城市所流行的政治興學，而請調至僻鄉的小學校，靜待退休。

可是流風遍佈，鄉下的學校也不單純了。

辦教育本是良心事業，雖然鄉下小學不太注重升學，校長可閒散，老師可隨心所欲，但有良心的教育者，還是想有所爲。所以老校長到任，發現營養午餐徒擁虛名，心想：「既無法使學生馬上聰明好學，但至少讓學生的身體日日強壯長大！」就下決心改革伙食。

這所老學校，只有十幾位教師，卻有一半是老老師，且在當地置產生根，可想而知校務是老字號！

校長先向身兼二職的林老師下手，免除他所兼的營養午餐事務。而林老師則是家長會長的親信，爲此人事任免，家長會長還到校興師問罪呢！

看來校長是正派經營，營養午餐的事務不再是肥缺，老老師人人推說：「專化英才！」少壯老師也說：「君子遠庖廚！」興革之職不宜強任，否則成事不足敗事有餘，老校長苦尋赴湯蹈火的烈士。

于超調此學校，也有四年之久。

瘦高飄逸的身子，雖四十多歲了，卻保養出滿頭黑髮。他說起話來，還會扭腰蛇舞，聲音尖細十足娘娘腔！所以扮演威重的男老師，總是勁道不足，何況他拙於數理自然，只精通書法，在大型學校裏很難受歡迎，因而由大轉中再降小，仿學孟母三遷，總算安定於此。

他獨居單身宿舍裏，不打牌不交際不花酒，是位值得敬重的老師。只是他不結婚？不鬧花邊新聞，只喜歡女同學？又從不打赤膊或穿短褲？是位值得探討的老師。

像于超這種人，對誰皆不會構成威脅，有時還可輕易地佔他便宜！他與世無爭的日子，卻因爲老校長的興革之議，平潭掀起巨浪，陷他於萬刼深淵裏。

老校長暗地注意于超的一舉一動及私生活情形，不禁拍案叫好，終於找到最佳的「家庭主夫」，所以設下溫情的陷阱，等待烈士投桃報李。

不久，老校長先生主動找于超認親開同鄉會。

再來，老校長動輒召來鄉親談家鄉往事，順談天下事、又談校務事、深談心事。

最後，老校長降格與鄉親稱兄道弟，趁機向老弟動以情曉以義：「如今老哥哥有難，該是于賢弟兩肋插刀時！」

人事令一發表，老師莫不幸災樂禍，衆說紛云：

「于超只管得住他那隻毛筆，管不了廚房的那幾把菜刀！」

「林老師的時代，伊丈人是養鷄場，所以每餐吃魯蛋。而于超沒親沒故，只愛吃臭豆腐，大家心裏有數，以後每餐喝青菜豆腐湯。」

「還是邪派經營，少自命清高，肥缺得安排自己的人，人家是同鄉哩！」

新官尚未上任，閒話已熱場了。

工友在門外候著，一見于超趕來，連忙對他暗示：「督學來突檢！」這時，于超才抽出手帕，仔細地擦淨熱臉，然後敲門入室。

笑容滿面的督學正享用今天的營養午餐，校長在旁陪吃陪笑著，氣氛融洽。

于超向督學行個禮，校長就搶著介紹：

「這位就是于超老師，專務本校的營養午餐。」

督學吃得津津有味，漂亮的官話整盤端出：

「于老師眞辛苦你啊！自從你接辦營養午餐後，貴校的成績名列本縣一、二名。聽校長陳述，說你剛接辦時，確實費番苦心，還親自下過廚、洗過碗筷、清理環境等等，且不收紅包、不拿回扣，嚴格督促商販。政府的德政得靠于老師這款典範才能推行……」

督學吃完午餐，也說盡好話了。

于超餓著肚子向貴賓告辭，緩緩走出校長室，胃疾開始作痛，勉強依著扶梯下樓，蹣跚地走回宿舍裏。

昏瞶的意識中，他彷若聽到小仙女的喁語，是那樣的悅耳、親切，使他沈溺、遐思。但于超突然驚醒坐起，匆匆下床，急急沖個臉，當他打開房門時，門裏門外的人都嚇了一跳！

「黃秀美！妳站在門外有多久了？」

「報告老師，我才來了不久啊，只是小小聲喊著……」

「老師太累了，所以睡過頭，現在是第幾節課？」
「報告老師，第五節快下課了。」
「喔！我們趕快走吧。」
師生倆相偕穿過小院子走出籬笆，不久就回到已鬧翻天的教室裏。于超似乎司空見慣，心平氣的說：
「各位同學，下個禮拜送走畢業班，你們就是學校的老大哥老大姐了，不再是三歲的小孩子，所以，你們要懂事要自動自發。老師在這個學期，忙著餵飽你們的肚子，把我自己的身體弄壞了，希望各位同學不要再惹老師生氣……」
這席話，似老和尚誦經，對信徒已起不了作用。
于超雖全力以赴辦好伙食，卻力不從心荒廢了班上的課務。
通常，早上第四節課時，他必須坐鎮伙房，所以排定自習課。下午上第五節課，他總累得時常睡昏了頭，都要勞動班長前往宿舍喚醒。
這班四十六位同學，男女生各半，可是學生幹部清一色用女生，男女生因而嚴重對敵，秩序那會好呢？于超又捨不得打學生，他迷信愛的教育，唯一處罰方式——罰寫毛筆字。所以在他班上的男生，幾乎黑手成羣！

這天放學後，于超騎著脚踏車上街看病。

小醫院旁，有家雜貨店，店老闆一見于超看完病出來，就趕緊上前，熱情招呼：「喔！于老師，辛苦了，辛苦……」

于超頗感納悶，順口問著：「我辛苦了什麼啊？」

「喔！喔！于老師當然辛苦了！你把營養午餐辦得有聲有色，家長們都在誇獎你啊。」

「沒有什麼……應該做好的……沒有什麼……」

「來……來……請于老師進來坐啊……」

于超有點猶豫不前，雖然鄉下人情濃厚，但畢竟彼此不熟識，禮多又必詐！可是店老闆又說：

「我表叔的女兒叫做黃秀美，是于老師班上的女班長。」

「喔……眞好……黃秀美很好！」

這個學期，多虧黃班長的襄助，使于超能專注營養午餐的勞務，他由衷疼愛這位聰明善良的小女生。因而他接受店老闆的盛意，走進店裏了。

林老師剛好坐在對面的另家雜貨店內，很清楚看見于超的一舉一動，他很曖昧的向這家店老闆娘說：

「我看妳的學校生意快保不住了，妳出去看看，神經超人坐在妳的死對頭的店內，正在支支吾吾！」

老闆娘眞的跑出去看，很快地沮喪走回來，擔心的說：「神經超人只是抓斤兩嚴格，其實伊不吃不喝，生意眞好做哩……」

林老帥很敏感地翻臉，不悅說著：

「喔……妳的意思……上學期與我做生意，我又吃又喝，生意眞歹做啊？」

「啊！失禮！失禮！我失言……失言……林老師請你不要誤會……」

「五會？六會！我要走了。」

「林老師……林老師……」

林老師板起臉孔，大步走出店裏，老闆娘隨手拿了兩大罐外國啤酒用報紙一包隨後追出。

兩位對立的老師及兩家死對頭的店主，不約而同出現在一街相隔的兩岸，雙方人馬遙遙相視。

這邊，店老闆雙手空空，于超單手提包東西？

那邊，店老闆娘手捧東西，林老師兩手光光！

但于超大大方方騎車離去，而林老師卻鬼鬼祟祟自奔前程。空手的店老闆綻出勝利笑容，一直站在門口示威；手捧東西的老闆娘狠狠吐咒口水，黯然撤退。

隔天清早，于超準備出門時，發現門口被擺籃青木瓜，同時撞見黃秀美匆匆走出籬笆外！他趕緊喊住女弟子，鄭重問著：

「木瓜是誰送來的？」

紮個馬尾的小姑娘，就要升上六年級了，青澀蘋果已隱約散發出幽香。她兩眼平視正好看上于老師的喉結，已懂得少女的羞答，很不自在說著：

「青木瓜能治胃病，我媽媽說的。」

于超輕輕摸著小姑娘的頭，很在意又問著：

「告訴老師，木瓜是誰買的？」

黃秀美想說又不敢說，垂頭罰站，待罪的可憐樣。

于超心想：「好歹都是人家的好意，」就說：

「以後不允許再送來了，妳先回教室……還有……把作業簿先拿去發下，早自修就背誦國文啊。」

脫困的小野鹿，一下子就溜走了。于超的內心突然湧起濃濃鄉愁，不禁喃喃自語：「如有個這樣的女兒，該多好……三十多年了……小媳婦早該改嫁了吧！」

隔天中午，小醫院旁的雜貨店老闆，興咄咄來到學校，滿懷信心地直奔伙房，將估價單呈給于超。

于超與伙房的人員正好圍桌進餐，人人吃得滿頭大汗！店老闆看在眼裏，順口就說：「熱得像火爐啊！應該加裝大型的電扇哩。」伙房的奧巴桑嘴快回話：「等你送來喔……」

于超放下碗筷，仔細看了估價單，然後很乾脆對店老闆說：「明天是月尾，那你從後天開始送貨，先試用一個月，請你把握機會，得貨眞價實。」

店老闆把帶來的三包總統牌香菸，通通遞出請客。他刻意向于超暗示：「有事請到外面談。」可是于超卻當著大家面前對店老闆說：「以後，你有事找我，就在伙房見面，請你不要到我的宿舍來，免得產生誤解。」

當天下午，店老闆就送來一部大型立扇，捐給伙房專用。

當天晚上，另家店老闆娘，打破禁忌專訪于超的宿舍，結果各有盤算。

六月尾除舊，七月頭布新，幾家歡樂幾家愁！

月初三，于超在教室上第二節課時，有位伙房的奧巴桑喘吁吁跑來教室報兇！當于超撇下課務，趕到伙房時，好男鬪惡女正如火如荼，罵聲響亮，指天畫地！林老師早已在旁袖手旁觀，于超拉下老臉，以老師的口氣命令著：「這裏是學校，你們兩位要吵，請到街上……」

有生意做的店家當然識趣熄火了，沒有生意做的女店家不識趣地越想越火，就搶先開火：

「于老師啊！學校辦理營養午餐，從開始至上個月，一直用我的雜貨，大家配合得很好。爲何這個月突然改換別家呢？如果要犧牲血本大拼價，我奉陪到底；如果……走後路……我也會走啦！」

于超本想用臺語來溝通，但一聽惡女的惡言惡語後，深怕無法活學活用臺語，情急之下恢復國語應戰：

「學校的生意沒有被誰專包了，地方的商店都可以來爭取。至於拼價或走後路，本校不吃這一套，只要……」

「只要表面說得正派，暗地邪……邪……邪……」

「邪什麼呢⁉林老師你說出來吧！」

「老于啊！腳踏車把吊有一大包，門口擺著一大籃，還有……我沒看到的……」

「什麼車把門口的？林老師你不必賣關子，只要你提出證據來，我……于超……」

「老于啊！算了……算了……不必指天發誓，收點東西人之常情，中國五千年的文化……」

「林老師！跟我去校長室，今天大家把心裏不痛快的話說出。」

「要說就在這裏說，公開地說，不必去校長室啊！誰不曉得于老師是校長的老同鄉，當今大紅人啊！」

「我知道，在這個學期，我是擋了你的油水財路！林老師啊！萬世師表，做事要摸良心。」

「我……幹……」

「你……你……罵什麼？」

「我幹伊娘！」

「你……你……我操你媽！」

兩位煽起禍端的店老闆，先後偷偷溜走了。

兩位前來勸架的配角，卻承先啓後擴大戰火。

老師也是人，也有七情六慾。只是社會嚴格要求老師得當聖人，正如老師要求學生最好每科考一百。

3

「老師吵架！」不是新聞。

「老師罵三字經！」才是新聞。

在校長室，老校長拉下老臉，訓示兩位老師說：「先師者，傳授三字經，人之初，性本善……你們兩位卻醜化了三字經，那麼難聽的話，居然能說出口，愧為人師！」兩位認錯的老師，說好彼此誤會冰消瓦解，但一離開校長室，兩者心照不宣，冷臉背道而馳。

午休時，于超心灰意冷躺在床上，兩眼瞪著灰白的天花板，偶而傳出鼠輩們狂奔或踟躕，好像命運面臨抉擇時，其內心矛盾的吶喊聲。

于超冥想了許久，總算養足睡意，方垂下眼皮，門外細細的鳥語在微風中斷斷續續，不經意撩起期待之心，反而擾人清夢！

于超夢囈說出：「門未鎖，進來吧……」

門被微風吹開，鳥語隨風而入：「老師……上課時間到了……」

于超在夢中，伸出雙手迎接小鳥依人，憐愛地撫摸柔順的羽毛，重重嘆口氣：「天涯淪落人，何時共嬋娟……」

「老師……這樣……不好……上課……」

鳥語有些不妥，小鳥似乎張翼欲飛，于超更爲珍惜疼它入懷，此時，天花板上鼠輩狂奔喧囂，嚇跑了羞紅的小鳥，于超張手只抓住回味的寂寞，責任心促他清醒。

于超下床、洗臉，掌心有股淡香，他深沉地聞了一下，還說：「院子的茉莉眞多情啊！我只是憐花輕揉，尙未摘下呢！」他穿妥衣服，直覺門外有人，順口問著：

「是誰啊？」

「…………」

「是誰啊？是……黃班長嗎？……」

「是……是……請老師來上課……」

「喔，妳進來一下，老師有話問妳。」

「我……我……」

黃秀美推開房門，只有單手及聲息入內，於逆光強眼中，于超有股不被信任的挫折感，刹那延續今早吵架的情緒，不禁生氣的說：

「黃秀美！連妳也看不起老師嗎？」

「我……沒有……沒有……」

「那妳爲什麼不進來呢？」

黃秀美聽話的走進來，房門不聽話的半掩半開，窸窸窣窣抱怨著，令人不舒服。

「把門關好……妳站過來……」

于超下命令，女學生做動作，一個命令一個動作，笨學生眞是呆板啊！

「黃秀美，妳老實說，是誰託妳送來木瓜的？」

「我……我……」

「妳老實說出來，老師不會責備妳。」

「是我媽媽……」

「黃秀美，好學生不能說謊啊！那一大籃青木瓜，妳絕對無法提著來，是誰載著妳來的？」

「……」

「不說！再不說？老師可要生氣了。」

小女生的臉上，似憂愁的天空，終於飄下悲泣，頗爲驚天動地的！

于超這下心軟而亂方寸，趕緊拍拍女學生的肩膀，是安慰也是乞求的說著：

「黃秀美，妳不要哭了，老師是最疼妳的。可是……今早有人誣告老師收了生意人的禮物，林老師更是提到那一籃木瓜！表示妳送給老師的木瓜，不是很單純的事，這攸關老師的名譽，妳一定要說出誰是幕後的人。」

秀美的父親，二年前病故，留下大筆債及眾兒女；秀美的媽靠親友救濟及到處打零工來維持家計。身爲長女的秀美，於困境中成長，憂鬱的童年有忙不完的大人事。在她早熟的童心，仍未全然體認出人心之險惡，不知道承諾媽媽的叮嚀會無心出賣了老師。

秀美讀三年級時，于老師開始當她的導師。那時，家中的父親，病得只剩皮包骨；在學校裏，戀父情結的濫殤使她盡力博取老師的好感。

三年級的下學期，她終於失去父愛，但她被老師選任班長，得到師寵的補償。

四年級，秀美再連任班長。曾有段時候，于老師因胃疾臥病宿舍，她一放學，就順道探望老師，熱心幫理家事。彼時，班上的壞男生，還背後說她愛上老師了！

五年級，于老師勞務營養午餐，把班上大小瑣事都交給她處理，儼然小老師的模樣。班上的壞男生，公開諷她是黃老師！

學校的營養午餐辦得有聲有色，于超老師跟著出名，生意人的情報，不但觀察入微，而且無孔不入，店老闆處心積慮伺機打敗對敵，所以秀美被親戚暗中利用，打出師生牌。

那天，一大早，店老闆騎著機車，後載秀美提籃青木瓜，不走坦然大路，故意繞經田埂小路，鬼祟地來到學校的後門，秀美一下車，滿腦子仍充塞著母親慣有的哀愁長調：

「阿美哩，把木瓜靜靜送給老師，就講是阿母的意思，千萬不能漏洩祕密……平常欠親戚壹分壹釐的恩情，難得有機會報答出力啊……」

大人的世界，是數學的應用題，加減乘除，令人頭疼！

小孩的世界，是自然的實驗課，點火生熱，令人好奇！

大人時常欺騙小孩。

小孩回報出賣大人。

秀美是個好學生，在家聽父母親的話，在校當然要聽老師的話，所以她說出眞話。

于超聽完之後聽完之後，不禁啞然失笑：「我老于，跑遍大江南北，居然栽在小孩的手裏。」他故意說著玩：「秀美，妳可知罪？」

好學生不堪老師的斥責，一下子眼淚、鼻涕爭相獻醜！于超有點於心不忍，淸醒地攬摟著秀美，慈父般安慰著。

一股熟習的淡香，使于超重尋舊夢，他喃喃反省：「是茉莉花香，院子裏滿枝椏含苞待放的蓓蕾，可是……這股幽香，又似乎像夢中鳥的留香!?」他的額頭泌出熱汗，輕輕推開乖女兒，試問著：

「秀美，妳剛才有沒有進來老師的房間裏？」

乖女兒變回好學生，再蛻變成小情人，羞答答的說：

「有……有……那時老師在睡覺……」

「啊……」

于超嚇出一身冷汗，很不自在地向夢中鳥示意：「秀美，妳先回教室吧。」

乖馴的小鳥，依依不捨的振翼，飛飛停停，費心又費力，終於飛離房內了。

多情的主人，頹然地又倒在床上，很不願意想起那段錯愕變態的生涯：「每天面臨死亡的威脅，一班班的大男人，個個嗜紅的赤眼，神經兮兮盯住獵殺的目標！戰火一波波燒起，日夜忙著殺人且防著被殺，許多人瀕危自我崩潰，因而興起即時行樂的放蕩。包括他的這小羣娃娃兵，不必面對死亡的第一線，退居慰安的第二線，每個人暫時避掉敵人的殺戮，但逃不了被同隊的老戰士洩慾一番。當他苟活返回大後方，那飽受鷄姦的身心變化，令他消沉、脆弱、嬌羞，這輩子枉做男人了，一直到今天，陰影仍籠罩著。」

于超回想不愉快的往事後，先苦後甘，再回想方才愉快的事：「於昏睡中，他錯愕地愛撫著秀美，那處子的幽香，令他回歸小丈夫時，那年他才十二歲，而訂親的小媳婦是十五歲。彼時，他未懂人事，只親親小媳婦時，總是深沉地吸納那股體香。秀美呵！我的小媳婦？」

「于老師，于老師，老于啊！你在嗎？」

權勢的聲音，驚走了美夢，于超迅即下床，整衣正襟，趕快出迎。

老校長很快走進來，隨便坐下，親切談著：

「于老弟，還在生氣嗎？你必須體諒老哥哥的立場啊！」

「校長您的訓斥，是應該的，我愧爲師表，不該口出髒話！」

「不要拘束，不要客套，斗室內，你我是好弟兄。」

「不敢！不敢！」

老校長的刻意親近，使于超寬心振奮，今早在校長室，苦無解釋的機會，于超想到做到，打開物櫃，指出兩罐奶粉，說著：

「報告校長，林老師所說的吊在車把的禮物，就是這些！我因為胃疾，時常沖泡奶粉，為了避嫌，還不敢到那家與學校有生意往來的雜貨店購買呢！而找上這家，剛好在醫院的隔鄰，方便嗎。」

老校長似乎懶得看上一眼，只是嘆口氣說著：

「哎……哎……猛龍難敵地頭蛇呀！林老師是本地人，又是學校的老紅人，囂張慣了，是典型的政治老師，難纏呀！不過……老弟你也欠考慮了，一下子換了採購的店家，而且……」

于超顯得不自在，原本不想說出內心祕密，但又不得不說，事必有因，硬著頭皮明說：

「地方上有數家的雜貨店，學校應廣結善緣啊！何必獨鍾於某一家呢？何況林老師早已吃定這一家了。至於換了新的店家，如果硬說與我有什麼關係，我只能私下的說，因為我班上的黃秀美班長，家境清寒，常靠親友的救助，而此家店老闆是黃秀美的內親，也是出手大方的慈善者。」

于超一口氣說完，又起身提來那籃木瓜，一面拿出一面說著：

「黃秀美偷偷送來時，木瓜還靑的，我一直沒打開過，今天，我總算問出是誰的主意，打算退回去，哎呀！靑木瓜熟得眞快，越下面的越黃軟了，咦……咦……這是……」

老校長這次很用心看上一眼，老馬識途的說：

「老弟啊！無奸不成商，無禮心不安，這是生意人的手段。把紅包交給我，明天就請這位店老闆來校長室，由我來處理，還你淸白。」

于超恬念著黃秀美，如果把事情鬧大，傷及幼小的無辜者，他的內心將難安，於是很矛盾求情著：

「算了，算了，淸者自淸，濁者自濁。報告校長，我不想張揚此事，不然也許會傷及地方與學校間的和諧，把紅包悄悄退回，學期也快結束了，新學期開始，我不想幹了。」

老校長還是把紅包拿過來，起身想走，但語重深長說著：

「放心，放心，我在教育界混口老飯，一向大事化小事，小事化無事。不過，我要奉勸老弟，凡事以柔克剛，不理外頭是非，公道自在人心，下學期，你還是幹吧！走……走……你該上課去了……」

老校長也在避嫌，單獨先走了。

房內，滿桌羞辱的木瓜，不但治不好胃疾，反而加重病情呢！于超把它重新裝回籃裏，半生的放底層，黃熟的改置上面，好像人生行樂的最佳姿態，只是于超一直無福消受。

于超匆匆趕去上課，穿過院子時，順手摘把花蕾，捏在掌心，一路搓揉，快到教室了，才丟棄於排水溝。落花流水，春天到否？

教室意外安靜，于超也把腳步放輕，卻在門口撞見臉色難看的教務主任，一頓官腔替他洗塵：

「于老師，請你務必準時來上課，你班上學生的吵鬧聲，威震全校，跟你的營養午餐同樣出名。」

于超尷尬送走長官，氣忿地回到教室裏，班長輕喊：

「起立、敬禮，坐……」

「不！全班跪下！跪下！全部跪下！」

于超全身發抖，憤怒地下達命令。

皇帝這次玩眞的，萬民俯首認罪。

于超沮喪坐在椅子上，冷凜眼光來回掃向每張童稚的臉，他突然發現坐在後排僻角的頑皮鬼卻低頭偷笑著，眞是火上加油，他舉起棍子，大聲暴喊：

「楊天生！你過來。」

頑皮鬼的笑意無法見好就收，帶著笑紋去面聖，結果當頭棒喝，頭頂馬上凸個疱，樂極生悲，哭了！

「楊天生！老師問你，你剛才在笑什麼？」

「嗚……嗚……」

「不準哭！笑啊！繼續笑啊！趕快說……」

「……」

「太小聲，老師聽不到。」

「……」

「大聲講出來，讓全班都能聽到。」

「……我……講出來……但是老師不要給我打喔？」

「楊天生，你要打老師啊？都已經是五年級生，國語還說不好，是老師不要再打我呀！笨蛋。」

「老師……我眞的要講了……」

「金的，銀的，你有屁快放啊！」

「我笑的是——老——師——的——褲子的——拉鏈——沒有給它拉——起——來了。」

于超立刻拋掉棍子，下手遮醜。

楊天生馬上蹲下，手護金光頭。

班上的同學，試探乾笑幾聲，最後哄堂大笑。

放學後，學生的家庭作業，加罰以毛筆抄寫五百字〝笑〞的小楷。

4

伙房的煙囪，不生火氣。炎陽高照，則到處煽火。

小小運動場，長滿高高的莠草，一幢幢教室、靜悄悄的，一排排榕樹、雀鳥噪，放暑假啊！凡事順其自然，無拘無束消暑呢。

于超去趟省城的大醫院，作了全身檢查，未發現新毛病，只是老毛病有點惡化。學校的老宿舍是日據時代的建築物，已經破舊不堪，成家的老師都在學校的附近置產或租房，只有單身老師勉強住用，到了假期，都走光了，于超是無家可歸，就以校爲家。

于超這趟從省城回來，決心安閒養病，不理世俗或校務，過去專替同事代班値勤，賺點外快，今年堅持愛命不愛財了。

院子裏盛開的茉莉，綴出叢叢的星斗，兩棵高大的蓮霧樹，擋住了熱情的夏陽。于超在樹蔭下，擺張長桌及躺椅，泡茶、練字、小睡，聞花香、聽鳥語、吹習風，神仙生活。

這天下午，于超在院子練字，正寫著桃花源記，突然頭上挨記輕擊，接著「碰碰」數聲，三、四粒凌空而降的白蓮霧，打中陶淵明的文章！

生澀的果實，白裏透青，晶瑩、袖珍，令人喜愛。于超拾起把玩，手指尖順著弧圓曲線流暢繞圈，似乎玩得上癮，他的心頭異常悸動，有點上氣不接下氣，趕緊躺在竹椅上，輕輕捨棄白蓮霧。

于超睜大眼睛，望著搖曳生趣的蓮霧樹，一粒粒果實，成串、相偕、或落單，於陽光的催生，展現自然裸露的曲線美，一股原始的慾望，令于超猛然坐起。

心緒平靜後，又開始練字，整個下午，滿紙「桃之夭夭，灼灼其華。桃之夭夭，有蕡其實。桃之夭夭，其葉蓁蓁。之子于歸，宜其室家。」

當晚，「桃夭」令于超失眠。

半夜，一場雷雨，屋頂及院子落滿了白蓮霧，打得于超心疼不已。

隔天，輪到于超這一班到校掃地，才十幾天不見，班上的男女學生，似乎長高長壯了。

上學期末，連續木瓜風波及下跪事件，于超有意冷淡了黃秀美，而黃秀美是個很敏感的孩子，所以期末考直落三名！

今天，于超有意破除黃秀美內心的陰慮，就派她帶領兩位女同學去整理宿舍。

到了放學的時刻，全班都到齊，卻未見班長領隊，兩位女同學向老師報告說：「黃秀美還在擦榻榻米，叫我們先回來哩。」

同學已等得不耐煩，老師知趣下令：「再見！」學生們心裏都喊著：「不要見！」

一下子，全跑光了。

于超心想著：「小姑娘心思細，懂得我的用意，所以拚起勁來。」當他走進院子裏，眼看被掃成堆的白蓮霧，眞是惋惜啊！搖搖頭推門而入。

「黃秀美，黃秀美！妳在那兒？」

于超開門見山找人，小客廳及房間都已清理整齊，卻未見人影，他邊找邊說出感激：「很好…很好…黃秀美…妳可以放學了……」

當他推開浴室門時，只見黃秀美蹲在浴缸旁，兩脚沾上血汚，娟秀的小臉佈滿驚恐！

「秀美！妳受傷了？脚流出血啊！」

「哇…嗚……」

「不要哭，不要哭，讓老師看看……」

「不要…不行…嗚…」

「怎麼不行呢？妳幫老師的忙而受了傷！老師應該負責的……我看看…」

「不…要…不……」

「哎呀！血流得很多……妳站起來……咦……是刺傷腿嗎？」

秀美此時更抓緊裙角，頑固地退避，于超一心一意欲知傷勢，顧不了男女有別，就板起師嚴，命令著：

「秀美！聽老師的話，乖乖的讓老師檢查。」

「不…行…不…要…」

秀美的嘴巴仍抗命，但雙手已放鬆，于超唐突地掀起她的裙子，不禁大驚失色的說：

「底褲全是血！是刺傷了下腹？」

當于超再動手欲褪掉秀美的內褲時，他突然想起「桃之夭夭，灼灼其華……」觸電般把手收回！以篤定眼神注視著已婷婷生姿的桃樹，半响，他才綻出笑容說：

「秀美，不要怕，妳長大了。」

說完，于超像初生的爸爸，匆匆忙忙拿條新毛巾提來熱水瓶，一再試溫了臉盆水，然後開始擦拭桃夭的初血。

鮮紅的血絲，似落水的花緞，在盆水中溺舞，迷惑了書生，他埋首擦淨了桃夭的兩條秀腿，而觸及底褲禁地時，先師之言：「非禮勿視、勿動、勿念！」論語春秋令他驚覺，把已半新半舊的毛巾，摔於臉盆裏，血水滿溢流出！

「秀美，把內褲脫下，自行用溫水洗洗，老師到外面去等妳。」
于超是應該離開是非地，但情慾使他憂柔寡斷。
他走出浴室，就衝到房外，瞪著院子裏成堆的白蓮霧……他又衝回房內，毛毛躁躁找出陳年的香菸，因為胃疾復發，就戒菸了……一點再點才點著菸絲，吸了一口，噴出滿口霉味，勃然地丟掉菸蒂，又走到房外……若有所思，又衝回房內，一脚踩熄星星之火，也剛好聽見了：
「老師……我好了……可以回家去……」
秀美的臉，白得似雪，兩道濃眉各護潭淚光的黑水，薄唇守不住兩顆強勢的門牙，頭髮千結萬結是那條永遠纏住于超內心底處的長辮子，不太合身的制服更突顯出少女的芳華。
「小媳婦……妳……來……過來……我是小心眼……要妳疼惜的小心眼……」
秀美很茫然看著茫然自語的老師，她有點害怕，有點興奮，因為老師似慈父，老師似白馬王子……
「小媳婦……快過來呀……我是妳日夜思盼的小心眼呀……」

秀美只往前一小步，于超則後退一大步。
于超已坐在床邊，秀美遲疑留步。
餓虎突然撲前，一把抱住羔羊，面善心惡玩起溫柔的把戲，秀美早已嚇得全身虛軟，
恣由老師的擺弄。
于超還是老套深沉地吸納那股處子的體香，所不同的是他尖細的髫鬚畫過少女純潔
的肌膚，使得秀美未懂人事的童心卻能淺嘗情慾世界中無比奧妙！
羔羊嚶嚶禮讚，樂得餓虎張牙舞爪。
當于超決然拉開秀美的胸衣，而呈現出兩粒鮮翠的白蓮霧，令他一再憐惜，愛不釋
手，突然，秀美放聲大哭了!?
餓虎本是病老虎，一有風吹草動，更嚇成紙老虎。
秀美的哭，是下體再度落紅了，血汚不安地流下腿側，于超的外褲也沾到血跡。有
了血腥味，再也沒心情溫柔，同時已近中午了。
老師又幫助女學生溫習一次生理課題，然後準備下課回家。于超有被秀美出賣的經
驗，所以再三叮嚀女弟子返家後的說詞：

「阿母哩，會慘啊！我的洞洞流出很多血？」
如果媽媽問妳，在學校如何處理？
就說：
「我幫老師整理宿舍時，才發現的，老師不在家，我偷偷用衛生紙擦乾，再以衛生紙……」
如果媽媽又問，有沒有哭？有沒有人知道？
就說：
「只有哭一點點。只有天知地知我知，老師更不知道。」
于老師還是不放心，又出考題問她：
「能不能說老師幫妳洗大腿？　不能！
能不能說老師抱妳親妳脫掉妳的上衣？　不能！
能不能說老師叫妳回家說謊？　不能！
能不能對老師說謊話？　不能！」
已經背熟考題的正確答案，可以放學回家了。

但秀美準備踏出門時，又被老師叫住，且問她：

「秀美，妳信什麼教？」

「我……信……佛教，信……媽祖……信……」

「好了，妳舉手對天發誓，這次絕對不洩露我們的秘密！」

當年，小媳婦不管做什麼事，小丈夫總是跟前跟後，追問到底，所以被冠上「小心眼」的暱名。看來，已是大丈夫的于老師，比小心眼更小心了！

終於下課了，老師口乾舌燥，女學生身心俱疲。

接著三天，眞正的炎夏，路面淌出柏油。

白天，于超幾乎待在院子，可是荒廢了練字，只躺在竹椅上，瞪著滿樹白蓮霧，想他的心事。

晚上，他害怕去浴室洗澡，害怕躺在床上睡覺，害怕看見吊在牆壁上的血褲，這一切皆有小媳婦的行跡！

第四天清早，于超半睡半醒中，聽到門外有奧巴桑吵雜聲，他潛意識舉起雙手，大聲喊著：「不是我！不要開槍！我投降！」

「于老師啊！你怎樣了？快開門……」

于超醒來了，發現自己不是睡在碉堡，而是睡在宿舍裏，外頭的聲音好熟習，他才放心回答：

「一大早，是誰呀？」

「于老師，是我們啦！那個奧巴桑太太小姐啦！」

「喔……對……對……」

于超趕緊起床，從抽屜拿出伙房的鑰匙，開門見客，他差點就忘了今日大事。是這樣的，鄉內農會舉辦全省性雜作觀摩會，因參加活動的人員衆多，而借用學校的伙房設備及人員，以便應付中午的大會聚餐。

院子裏來了十幾位娘子軍，于超幾乎全認得，當隊伍開拔時，有位陌生的少婦故意留下，一臉陰霾對于超說：

「于老師嗎？我是黃秀美的媽媽。」

這突然的來者不善！令于超心虛，本能地說出：

「我……我沒有怎樣……有話好說……好說……到裏頭說……」

「于老師，就在這裏說……」
「不行……不行……請妳到裏頭說……」
「于老師，我是來向您道歉的！」
「什麼？道歉！道什麼歉？」
原本膽寒心驚的于超，一聽對方示弱的話，大大鬆口氣，總算解除警報，準備洗耳恭聽。
黃秀美的媽媽，聲聲慢，聲聲嘆，先傾訴滿腹苦經，談先生如何得癌症，哭先生如何病故；談自己如何寡婦養家，哭自己如何茫然未來。上半段，費時二十分鐘。
于超拉來兩張椅子，主客有話先坐下再談。
寡婦又說怎樣對不起孩子，爲了支撐家計，每天忙著到處做工，所以沒時間管教孩子讀書，沒時間參加學校的母姐會，沒時間……中段，費時十分鐘。
于超有點替她著急，就提醒她：
「黃太太，妳還不去上工嗎？」
「啊！害啦！講過頭……于老師，失禮啦！阮阿美送來木瓜的代誌，請你莫見怪，是……」

「好了，好了，我都知道了！妳不必再說，趕快去上工，已經遲到很久了。」

辭退了媽媽經，于超的兩腿都發麻了，此刻，他才體會出學生聽課，的確是件苦差事！

中午，整個學校熱鬧滾滾，于超例行去伙房探望一下，就回到宿舍裏。

令人驚喜的，小媳婦隨後端來一盤好菜，大丈夫眉開眼笑問著：

「秀美，妳也來幫忙啊！我怎麼沒看見妳呢？」

「報告老師，是媽媽叫我來的，等一下幫忙洗碗，可以賺二百元。」

「我可憐的小媳婦！來……過來……錢……我來給妳。」

秀美早已退至門邊，小小心思：「此趟是硬著頭皮來的，都是媽媽的好主意！」但于老師又發出師令：

「秀美，快站過來，老師要檢查妳的身體狀況。」

秀美急得想哭，但不敢違抗師命，何況她出賣過老師，而老師都原諒了她。同時她已經是老師的人了，她的嘴唇、胸部、大腿都被老師吻過親過，還有……老師很勇敢擦掉她的髒血……她乖順接受老師的擡愛。

于超輕輕摟住小媳婦，手指迅速伸入裙內，摸中底褲有團衛生紙，他對小媳婦的耳朵吹著暖風：

「是媽媽教的嗎？」

「嗯……」

「有沒有違背妳的誓言？」

「沒有……」

「老師有錢，將來能供妳讀國中讀高中讀大學甚至出國留學，以後妳偷偷的來，來陪老師，妳每次來，老師就給妳錢，好嗎？」

「……」

「妳說，好嗎？點點頭。」

結果是老師輕輕搖著女學生的頭。

房外的白蓮霧，還生澀，當然不好吃。

房內的白蓮霧，是生澀，卻相當可口。

午餐，于超棄置這盤好菜，只獨鍾兩粒白蓮霧，才花了五十塊錢。

5

師生私會頻繁，情話千遍一律，他說煩了，她聽膩了。

暑假結束，秀美扮演小媳婦的片酬，得款五、六佰元。于超花錢買青春賺意淫，起初還客氣只看人家的上半身，後來索性要求對方坦誠相待，小媳婦被迫變成小妖精。

于超有個快樂的暑假。

秀美有個豐收的假期。

方開學，老師忙開會，學生也忙結黨。

首開校務會議，于超以健康爲由，提出辭掉兼職之事。經冗長的協商，苦無接班人，最後由老校長強作決定，于超與林老師兩者的兼職互調。

秀美仍連任班長，只是各股長全由男生接任，因爲導師改稱于經理，班上的乖女生將輪流支援福利社，幫老師作售貨、點貨及記帳的雜務。

新學期，新形勢，新作風，師生私會，暫時停頓。因爲于經理每天早出晚歸，連午休也改在福利社小睡，與小媳婦見面時，都在教室裏，只能莊重。

一個月後，校務步入常規，凡事意興闌珊。于超也忙完交接新舊職，適應了新工作，但累壞了身體！而福利社的工作，有了七、八位女同學的參與幫忙，于超爲了保命就逐漸退居幕後了。

林老師重新兼職營養午餐時，就公開誇下海口，一定要勝過神經超人的時代！果然，開始的幾個禮拜，幹得有聲有色，促使福利社賣零嘴的生意一落千丈！這對福利社整個營收影響很大。

可是于超卻利用此機會，退掉了大部份不合食品衛生的零食，使福利社販賣部單純、衛生化，只賣果汁、牛奶及麵包，此舉也得罪不少昧著良心的廠商。

福利社的營收，攸關老師們的紅利。在最近動員月會中，某些老師紛紛指責于超無心經營、空領津貼！而校外的那些奸商更到處訴冤。

于超發覺自己越來越孤獨了，連與他稱兄道弟的老校長也告誡他：「久病不能下猛藥，將適得其反！每個學校都在賣各種零嘴，你就把那些有問題的擺在偏僻角落，任其自然淘汰，何必強硬退掉呢？我是有人情壓力的。」

想不到福利社的工作會比營養午餐來得更不單純，于超深深後悔著。他感覺出老校長只是在利用一把利劍，砍除仕途中的荊棘，有朝一日，利劍變鈍，甚至斷劍，將隨時被丟棄！

于超終於小病一場，以作無言的抗議。

這天下午，降旗後，秀美抱著一疊作業簿來到宿舍。躺在床上的于超，有氣無力的說：

「秀美，下午兩堂自修課，同學的表現如何？」

「報告老師，同學都知道老師生病了，又沒有代課老師，所以大家都很聽話，都在寫功課。」

「喔……很好……秀美，妳過來……好久，好久，沒……」

女同學同情病中的老師，很主動走近床邊，熟練地投入老師的懷抱。于超一直惦念暑假中鮮翠的白蓮霧，開學至今，始終無暇溫習品味，雖病態體虛，仍一鼓作氣欲摘美食……

「報告老師，我是楊玉珠，要來報告福利社的事情。」

門外突來不速之客，嚇得門內的好戲緊急收場。

一切恢復原狀，床上躺著老師，班長站在一旁，楊玉珠才被傳喚入內。不久，班長先行離去，屋內又是孤男寡女！

傻大姐般的楊玉珠，手拿進貨表大大方方靠近床邊，大聲地向老師陳述她的能力。楊玉珠越說越來勁，早熟的胸部上下起伏，還不時扭動下半身！

于超越聽越昏憒，眼前隨風搖擺的蓮霧樹，怎麼見不著鮮翠的果實呢？他突然喊出：

「我要吃白蓮霧！」

「報告老師，福利社沒有在賣，啊……對對……院子有……」

「楊玉珠，妳坐下來，坐在老師的身邊來……」

傻大姐傻呼呼照做，老師伸出病手抓住她的小手，然後用力一拉，傻大姐投入老師的懷裏，老師對她的耳朵吹著暖風：

「楊玉珠，妳不要害怕，老師在生病，夢見小妖精拿來白蓮霧……硬要我吃……嗚……我害怕……」

早已嚇呆的傻大姐，動也不敢動，但乍聽老師的病話且夾著哭泣聲，頓起女性母愛的本質，反而抱緊了老師，安慰著：

「報……告……老……師，不要怕，我是楊玉珠，沒有小妖精……」

「有……有……我害怕……」

母親熱擁著受驚的小孩，小孩的嘴唇本能尋找母親的乳房，于超終於如願以償吃到兩粒更大的白蓮霧。

清醒後，做錯事的老師，卻一本正經向學生解惑著：「老師生病發高燒，亂做惡夢，剛才全說夢話，妳回去不能亂說！」

楊玉珠也不例外，必須對自己的神發誓不能洩露祕密，之後，才奉師命離去。

傻大姐上了這第八節課，自認做件偉大的事情，像大人一樣能安慰受驚生病的老師，像母親一樣能哺乳哭泣中的老師，只是老師對她做件很三八的舉動：「就是……人家不好意思講……就是……人家會臉紅……就是……老師用手摸我的內褲……一邊摸一邊問我……月經來了沒有……好三八哦……」

于超的病好不了，因爲病人喜歡自暴自棄！

何況生病眞好！病人可以品嘗各式品種的白蓮霧，又能探悉少女的性期。

所以，于超臥病二個星期，每天到教室勉強上到第五節課，中午到福利社鼓舞士氣，然後早早回宿舍休息。可是他自訂一堂第八節課：

主旨：雖在病中仍關心班上同學的課業以及福利社每天的營業狀況。

對象：黃秀美班長以及支援福利社的七、八位女同學。

時間：每天降旗後。

地點：老師的宿舍。

注意：每次上課只教一位女同學。

上課內容對外不能洩露，且必須對神發誓。

于超以千遍一律的講義以及一演再演的夢境來迷惑這些女弟子，除了黃秀美已精益求精外，其她的皆心憾不已！

女弟子們，彼此不知彼知此，每位皆一廂情願心向著老師。有一天，楊玉珠不服黃班長的指揮，兩人鬪起嘴來，楊玉珠氣焰高張說著：

「妳不要以爲當班長，老師就最疼妳！其實老師是最喜歡我的！」楊玉珠家中開農藥行，家境富有，但她的功課不好，在學校卻喜歡出風頭，曾經競選過班長，都被黃秀美擊敗了。

在一旁的頑皮鬼卻插嘴說：

「大粒珠！妳想跟黃秀美比啊？怎麼比呀？比不上黃秀美一根脚毛！」

傻大姐一時結巴，無言反擊，心想：「如果說出祕密，一定會嚇死班上所有的同學，這樣他們才會相信，老師是最疼我的……」

於是，楊玉珠侃侃而談：

「老師生病時，夢見妖魔鬼怪，害怕得抱著我哭，是我！」

可是，楊玉珠再也說不出口了，因爲接下來都是很三八的，她不好意思說出。而那句「害怕得抱著我哭！」馬上傳遍全班，每位同學爭相談論。

隔天，支援福利社的女同學們，每人心事重重。

而黃秀美於昨晚偷偷哭了很久很久，因爲她心目中的慈父、的白馬王子，不是百分之百屬於她的，尤其老師居然去擁抱她最不喜歡的楊玉珠，這次是老師背叛了她！

此重量級的傳言，高年級生全都知道了，全校的老師只有林老師聞悉。

黃秀美想將此事報告老師，但她說不出口，而且也不想說。好像開明的主婦，耳聞先生的風流韻事，只能暗自生氣，對外仍保持風度。可是她逐漸受不了楊玉珠洋洋得意的態度，眞是不要臉！她想放學後再去報告老師吧。

午餐時，楊玉珠被林老師悄悄召見。

小學生是敬畏所有在校的老師，何況林老師以兇悍出名，還好傻大姐仍忌怕誓言的後果，有所保留只重複已洩出的片斷。

老校長懂得老同鄉在鬧情緒，適時召見慰勉一番，于超的病情馬上起色，不久，恢復正常教學了。

于超上完整天課，也參加降旗，一切活動如開學時的規律，但他感覺出班上的氣氛好像當年砲戰的前夕，放學後，他兀自坐在空無一人的教室裏。

在課堂，他是嚴師，是慈父，是兄長。

在宿舍，他是白馬王子，是生病的小孩，是衣冠禽獸。

他外表是個男人，但內心早已女性化，戰爭改變他的命運也改造了他的性別。離開軍隊後，他一直孤獨、自戀地生活著，因爲他無法同時扮演雙性人！當他與眞正的男人獨處時，內心總是嬌柔、曖昧；又與成熟的女人獨處時，他非但無法舉起男人的特徵，反而迷戀、羨慕對方的女性美。

所以于超至今未成家，只因他的感情全給了小媳婦，他的情慾浸淫於書法的性靈中，慾火早已被迫熄滅。

可是，院子裏種了兩棵妖樹及一大叢妖花，今年夏天，妖樹結滿慾的果實，妖花綻放愛的迷惑，慫恿他浪漫、憧憬，創造更有意義的人生。

他只是關心女弟子們的發育過程，他沒有做出任何壞事，只是用嘴巴用雙手來關心來行動……

天色暗下來，于超陷於冥思中，這個世界彷若停止轉運，一切生物無聲無息步入世紀的長眠，航向無限無垠的太虛。

于超摸黑回到宿舍，打開燈光時，發現門縫塞張紙條，他毫無在意地打開來看，寫著：「神經超人，你的死期到了。」故意寫醜的字！故意寫咒的信！使他的胃乍起痙攣，他慌慌張張想沖泡熱牛奶，重重提起熱水瓶，但是找不到牛奶罐，就這樣找遍屋裏，又找至屋外，才在院子裏找到空罐子！

是他健忘，奶粉早在前日就空了。最近他的記性一直不好，就說從剛才至現在，他一直提著熱水瓶在找牛奶罐，猛然察覺時，手已痠痲了！

晚上，于超難得上街，他騎車至黃秀美的親戚所經營的雜貨店，店老闆見顧客上門，只以平常心說：

「于老師，來坐啊。」

上學期的紅包事件，使店老闆費心爭取到的學校生意，只維持二個星期就被撤換。他賠了立扇賠了心機賠了面子，對于超的不通人情，頗不諒解：「不收紅包，就私下退還，何必交給校長處理，你邀功，我丟臉！」

于超不在乎店老闆冷淡的態度，反而熱絡的說：

「學校剛作決議，有關營養午餐的採購，得向鄉內各家商店輪流採購，你的大生意又入門了。」

店老闆一聽，趕緊賠笑說著：

「請于老師指示明路。」

于超故意說：

「議案是我提出的，經過全體老師的表決通過，但是施行得靠林老師，你要向林老師下功夫啊！」

「我還是要靠于老師向校長推薦哩……」

「你還是找林老師，不在其位不謀其政，我買兩罐克寧……」

店老闆熱情送客，于超則打從心底不屑：「我是看秀美面子在幫你的忙，生意人亦友亦敵，難纏啊！」

當晚，更難纏的煩思及喧嘩令他徹夜難眠！

煩思那張咒他的紙條，是誰寫的？又是什麼用意？

天花板上，鼠輩們異常驚動，大戰小戰數十回合。

6

今早，變天，陸上颱風警報。

烏雲來自四面八方，低空呼嘯而過，學校打算停課。于超有了藉口，找來工友幫忙，把院子裏的蓮霧樹大大修剪一番，除掉他內心中的妖樹，也減輕宿舍屋頂上的重重威脅，更使房內十分透光。

早上第二節課，在學生歡呼聲中，學校宣佈停課。

大地吹著濕風，飄點斜雨，天際卻傳出隆隆悶雷，工友笑咪咪的說：「一雷驚九颱！安啦，學生賺爽一天。」

秀美幫老師捧著作業簿來到宿舍裏，于超從剛發下的薪水袋中抽張百元鈔給小媳婦，沒說省省的用，反而說想買什麼就買什麼。

秀美心存感激，欲將情報說出：

「報告老師，我有話……」

「明天再說吧！妳趕快回去，颱風要來了。」

于超話說趕人，出手卻留人，趁風雨來臨之前，即時行樂一番。他緊緊抱住秀美，亂手上山下海，忙於感觸青春！

秀美離開宿舍時，外頭開始下雨了，她很快穿妥雨衣，走過滿地狼藉的院子，轉至學校後門，準備回家。

「這位同學，妳等一下！」

秀美聞聲停一下，當她轉頭問誰時，冷不防頭頂的雨帽被對方扯掉，風雨吹不散她小臉的驚嚇。

「是妳！六年甲班的班長。」

對方說出肯定後，就揚長而去。秀美也認出來者，是學校的工友。

颱風天，不吹大風，大雨撐場。

豪雨連下三天，鄉內鬧了小水災，太陽才露臉。

天氣轉晴，于超的臉仍陰天，因爲黃秀美已缺席兩天了，原因不明。

這晚，于超一直心浮氣躁，很想夜訪秀美的家，是否水災又帶給她家不幸！但災後的夜路不好走，于超自我安慰著：「也許明天秀美就來上課了。」

門外有沉重的男聲!于超開門探誰?

「喔……是店老闆!這麼晚了,有事嗎?」

「不是公事,而是私事。」

「私事!是誰的?」

「外面不方便講,于老師!你不請我入內詳談嗎?」

「于某人不偷不搶不貪污,做事一向光明磊落,沒有私事可談!」

「但是……暗暗偷吃會鯁到魚刺,幹伊娘,你這尾老色狼!」

店老闆一改平日的諂媚,且口出怒言,于超結實嚇了一大跳,趕緊請惡客入內。

于超想倒杯水待客,但被店老闆悍然拒絕,且下馬威說:

「我是草地人,粗人講粗話,有話直破,請你莫見怪。于老師,你惹出天大的風流案,打算怎樣處理?我代表黃秀美的媽媽先來與你談判!」

「什麼!什麼風流案,話不能隨便說,你可有證據?」

「時間、地點、人證、物證通通有,還有秀美已經承認了,可憐的查某囝被伊阿母打得半生半死呀!」

于超轟然跌坐在床邊，內心狂跳與天花板上鼠奔產生強烈的共鳴，他此刻才驚覺：「砲戰開打了！一夜風雲變色！」

店老闆趁機先還掉虧欠于超的人情，說著：

「于老師，你過去曾幫我爭取學校的生意，所以欠你一份人情。本來黃秀美的媽媽要去學校找校長也要去派出所找警察也要去鄉公所找鄉長，還好伊先來找我。我暫時安搭伊，叫伊莫衝動，我來做無鬚老大，用和解和平的方式……」

「店老闆……我很感謝你的幫忙，但是……我想知道事情的來龍去脈。」

「好啊！好……好，我來講，想不到于老師是老牛愛吃幼芒草，你做的是夭壽代誌……」

無鬚老大權充和解人，當然得說明事端，他繼續說：

「風颱天，工友回頭去尋找修剪工具，在院子裏，從毫無遮物的門窗，看到于老師正在欺侮一位女學生，足足有二十來分鐘。後來，工友在學校後門才認出受害女學生是黃秀美。

工友將此事告訴在學校伙房工作的老婆，他的老婆迫不及待打著傘涉水去黃秀美的家，將此事告訴她的好朋友。

生氣的媽媽，大刑侍候，可憐的女兒不堪皮肉之痛，什麼話都說了，連暗存的五、六百元也都交出來，師生緋情水落石出！

單薄的寡婦，找上強勢的親戚出頭，凡事可商量，花錢來消災……到目前爲止，只有發現者、告密者、當事者、及我這無鬚老大曉得，但事不宜遲，得快刀斬亂痲，用錢堵惡嘴。

報告完畢。

猛烈密集的炮擊，打得于超抱頭鼠竄，羞得無地自容，他以哀憐口吻說：

「那需要多少錢來擺平呢？」

「講到錢呢？最重誠意！」

「請你說出數目啊……」

「這歹講，看你的誠意嗎。」

「我……我過去沒有這種經驗，所以請你來說。」

「那意思我有經驗啦！幹伊娘，我要偷吃就要找粗齒，不會像你專做這夭壽代誌。」

「請你不要生氣，是誤會……誤會，我是出外人，又是外省人，所以不懂得本省人在地人的規矩及行情。」
「看你的誠意！」
「還是請你來說。」
「看你……」
「還是……」
兩人卻相互傳球，誰也不投籃，因得失心太重，終於籃下三秒鐘到了！
店老闆就大發勞騷：
「這款夭壽代誌，如果以鄉情來辦，于老師你得重打三百大板，然後向全鄉各門戶請菸，在苦主的厝前做大戲，得公演三暝三日，還有……」
「好吧！由我來說，就七萬元。」
「七萬元買個少女的貞節？你這個外省猪眞正莫宰羊本省鷄的行情！幹伊娘，我跟你講，過去鄉內有人賣查某囝，賣去茶室黑暗間，六、七年前，就賣參肆拾萬了！」
「請你……見諒……我只是個窮教師，沒有什麼積蓄……」

「于老師，你沒親沒戚沒某沒猴，賺的錢都自己留用。就講學校的老師，買厝的、買車的，人家林老師買新厝買新車一次完成。」

「本省籍的老師，都有祖產可繼承，而林老師更有油水發財，這人人皆知的。老師的薪水有限，而且我有長期胃疾，所以眞的沒存什麼錢。」

「我沒美國時間來聽你哭爸！就貳拾萬元吧！明天寫和解書，不然保證你沒頭路還要吃官司。」

「可是……可是……我只用手摸，只是關心秀美的生理週期，我沒有侵害秀美的處女身啊！」

店老闆不再理會于超的解釋，逕自開門，很快離去，于超隨後追出，只見遠去的人影。

滿天星斗，月亮淸明，兩棵被修剪的妖樹，於月夜，禿顯出崢嶸、孤瑟！宿舍的屋頂盈灑柔光，整個院子暴露於銀色月光中。

于超含著淚水，無心賞月，並非思鄉，而是眞的一眼看透宿舍內的擺設，使他無比懊悔感傷著：「爲什麼要修剪妖樹呢!?」

因昔日枝葉茂盛綿密的妖樹，其垂下分枝正好遮羞了時常見不得人的門窗。
整夜，于超眼睜睜等待黎明。
破曉，于超閉上眼睛又希望長夜漫漫。
黃秀美還是缺席，班上同學議論紛紛。于超也無心上課，動輒發脾氣，中午還去郵局一趟，同學暗地傳言：「老師可能失戀吃香蕉皮，思念黃班長啊！」
晚上，店老闆如約前來，于超納悶問著：
「秀美的媽媽也應該一起來呀？」
店老闆陰沉的臉，閃出一道詭光，說著：
「于老師，你想打鑼喊抓賊啊？秀美的媽媽如果見到你，保證歌仔戲唱連棚，必響動宿舍驚動學校！你如想出風頭，我馬上去叫伊來唱哭調啊！」
于超聽了，起個寒心，惴惴拿出紙袋及郵局存款簿，很誠懇地說：
「請你過目我的存款簿，最後第二行是玖萬捌仟貳佰参拾元，我領出玖萬元，只剩下捌仟多元做生活費，請你清點紙袋裏的錢。」
「幹伊娘！你在騙三歲囝仔？貳拾萬比玖萬，足足差拾壹萬，那不要談了，既然你不夠誠意，我也不想當無鬚老大了。」

店老闆懶得看上紙袋裏的錢，起身欲離去，于超這下著急了，「碰」一聲，斯文掃地，下跪求情：

「我……年輕打仗，中年教書，我……這一生都給了國家，我……只是一時老糊塗……嗚……嗚……但也是出於愛心，而做出不名譽的事，請你看在我功在國家功在學校，我辦理營養午餐不收紅包不拿回扣，凡事摸良心……」

「好了……好了……你先站起來，我的八字輕輕呀，是不堪孔子門生的跪拜！你講凡事摸良心？但是相差拾壹萬，太離譜了……」

「我……眞的……只……有這麼多錢！不然……再加捌……捌仟元」

「拜託，拜託，你先站起來，我的頭被你拜昏了！如加捌萬還講得過去。」

「那……那……我……我……只好自殺以謝國人啊！」

「幹伊娘！用自殺來嚇驚我？好啊……好啊……」

店老闆轉身過去，拿起桌上的一把水果刀，強行拉起于超，把刀塞給對方，厲聲罵道：

「刺啊！用力刺下去，你到處打聽看看，打炮的錢可以講價嗎？」

于超沮喪地縮避床角，突然按住腹部、頭冒冷汗呻吟著！同時另外獨間的單身宿舍，有位老師聞聲探頭出來。

過會兒，外頭似乎平靜了，店老闆心想：「逼出人命！反勝爲敗？見好就收吧。」顯出很委屈的樣子說著：

「我做無鬚老大，不賺湯，不賺粒，只是白白跑腿，積點陰德。這九萬元我暫時拿走，當然先拿去塞住秀美伊媽媽的嘴齒縫，和解書再補寫來，我是沒什麼把握啊！要看秀美伊媽媽的意思是……」

于超強忍胃疾的劇痛，事情已呈轉機，趕緊言謝：

「請你美言…美言……謝謝你的幫忙……感謝你的搭救……」

遮羞費已拿走，和解書尚未簽，但于超勉強寬心入睡了。

隔天，黃秀美仍缺席，有同學說：「班長摔傷了，摔得兩脚黑青瘀血！」

在學校裏，這兩天，男工友一直迴避著于老師。而于老師想起告密者是秀美媽媽的好友也是他辦理營養午餐時的部屬，也許告密者能爲此事建功補罪。

午休時，于超找來告密者打商量。

告密者大言不慚先說：

「于老師！咄⋯⋯咄⋯⋯想不到你愛吃幼齒，怎麼不早點說呢？害我以前隆介紹三十幾歲的粗齒要給你做牽手，你總是拒絕⋯⋯拒絕⋯⋯」

于超很尷尬的回話：

「我有苦衷，不要再說了，昨晚我已經付出玖萬元⋯⋯」

告密者聽到錢字！馬上搶問：

「是啥米人拿去的？」

于超當然老實地說：

「交給黃秀美的親戚，就是那位開雜貨店的老闆。」

告密者有點不悅的說：

「臭頭軍師，大元呆！伊是雙面刀鬼。于老師，你請鬼拿葯單啊！」

于超很緊張問著：

「他自稱是黃秀美的媽媽委託他來談判的，錢是他拿走的，和解書還沒有簽，奧巴桑……妳……要幫忙我啊！」

告密者的表情，突然佯作笑談，大大乾笑幾聲後，才低聲說著：

「于老師，這件代誌，請你莫見怪，我一時嘴快，替你惹來禍端，但是你中意秀美，也得等秀美畢業，咄……咄……秀美才十三歲哩。

方才，你的死對頭林老師，經過你的後面，伊是烏龜精，眞邪氣！我要先行了，我會向秀美伊媽媽講好話，嘻……嘻……乾脆二年後，將你這對師生送作堆……」

于超還是不放心說著：

「請妳及妳的先生要保守祕密啊！」

告密者慢慢離去，喃喃上路：

「心歹無人知……嘴歹最厲害……」

隔天，黃秀美仍缺席，這晚，店老闆仍黃牛。

再隔天，歷史的星期六：

黃秀美缺席外，又增加以楊玉珠爲首的支援福利社女同學們全部沒來上課，原因不明。

于超膽寒心驚熬過一個早上，中午放學後，他心神恍然回到宿舍休息。妖樹被修剪後，每當起風時，不再營造出昔日萬馬奔騰的澎湃聲！所以宿舍已經安靜一段時日。

疲倦而瞌睡的戰士，在睡夢中，神經質驚起數次，長期耗戰已吞噬他的元神，耳朵總是有敵人輕重遠近的脚步聲！

醒醒睡睡的戰士，突然眞正清醒過來，因爲外頭響起異常的澎湃聲？而此刻，沒有息風！妖樹沒有作響的枝葉！莫非……大軍攻來了!?

六月六日斷腸時，諾曼地登陸戰血腥地展開，于超彷若那位最先發現聯軍龐大艦隊來擊的德軍，是嚇破了膽，是尿濕褲子，是全身打擺……

所不同地，

于超是聽到學生家長們農鞋拖鞋圍圍圍的雜遝聲……

馬上，

乓乓乓乓門窗玻璃的破碎聲夾著呼嘯而來的大小石塊……

不久，

門被踢破！

老師被擒！

楊玉珠的老爸建頭功。

7

打狗棒齊下，于超的面目全非，奄奄一息被擡往學校，棄置於校長室。

暴民將校長室圍得水洩不通，大家爭相譴責：

「豬狗禽獸！眞敢死，連吃七、八位女學生……」

「隆避在宿舍上第八節課，眞惡質！摧殘民族幼苗……」

「老不死的，眞正是心理變態，得送官府嚴辦……」

「學校關門啦！校長下臺謝罪……」

鄉情沸騰，此事棘手，大家拭目以待。

有關本案的背後集團，分成五大勢力，各有得失，眞是幾家歡樂幾家愁。

一、秀美身上的吸血集團：

被煽動的寡婦，只拿到七萬元遮羞費，帶著搖錢樹及其他孩子先到外地避風頭。

貪婪的無鬚老大，私吞二萬，故與告密者夫婦倆交惡。又欲爭取學校營養午餐的生意，而巴結林老師，將秀美的自白全盤出賣。

工友夫婦倆，本案的始作俑，扮演發現及告密兩者，非但未得到任何好處，反而承擔莫大心理壓力。原本仍同情于老師的遭遇，但細聽林老師的另案報告，兩案合一事態嚴重？夫婦倆頓感爲學校除害，因此心安理得。

二、林老師爲首的除超集團：

林老師臃腫的身軀，每天油光滿面，出嘴銅臭，乍看似錢老闆。他爲除掉心頭之敵，則頻對楊玉珠同學所結伴的七位女學生身上展開調查，軟硬兼施下，一一突破小女生的心防，而查出天大的醜聞！又加上無鬚老大的錦上添花，雙案齊下欲一舉除掉超人，解散浙江同鄉會在校的勢力。所以街上的耳語，由林老師狠狠施放。

那些懷恨在心的奸商們，因屢受于超無情的退貨，而苦無報復的機會。當聞悉醜聞的內情，馬上聯合動員，在鄉內到處煽火，終於鼓動暴民攻打學校活捉大色狼！

三、楊玉珠老爸爲首的家長集團：

有錢有勢的農藥中盤商，怎堪愛女蒙受老師的猥褻呢？他似時下一些老闆頭家，喜歡花重資到旅社玩雛妓甚至開苞處女，那是願打願挨的，要花大錢哪……可是自己女兒是被迫的，是被爽無代價的，這口氣難嚥下！所以楊玉珠老爸爲暴民的領頭。

有些較溫和或較識時務的受害學生的家長，認爲自己查某囡只是被老師消磨而已，處女身仍完好無缺，就想如能領到一筆精神慰問金，將大事化小小事化無，否則事情鬧大，女兒名譽重損，受害更深！

所以主戰與主和二派僵持不下，而後傳來最新消息：「大色狼已經付出玖萬元遮羞費，由黃秀美這家獨吞，于超的郵局存款只剩捌仟多元！」慰問金落空了，主和也宣戰，二派同讎敵愾，打吧！

四、校長爲首的校務集團：

困在校長室裏，除了男主角外，還有校長、訓導、教務、總務等三位主任及安維祕書，各有立場各有心思。

校長：「他亦同鄉亦好幫手，能棄之不顧嗎？亦敗類亦仕途致命者，能長相左右嗎？」

訓導：「他平常就管不了學生，原來是上樑不正！不把他趕離學校，將來無法治校了。」

教務：…「他時常請病假窩在宿舍，原來都是藉口！教學馬馬虎虎，德性喪盡師表，杏壇蒙羞。」

總務：「他有校長同鄉做靠山，還眞的一樣到處替天行道，專門擋住同仁的財路！這下落難了，沒有人會同情的。」

安維：「他思想忠誠，嫉惡如仇，可惜敗在好色，一切秉公處理。」

于超：「校長是老哥哥是老同鄉，訓導是時常託我寫字應付鄉俗，教務是暗託我將福利社所賣的文具紙張由他的內戚供應，安維是與我同爲軍人轉任教職的相憐者。」

五、鄉長爲首的政務集團：

明年又要選舉了，鄉長當然順應民意，維護地方善良風俗，所以力主移送法辦。

家長會長於上學期曾爲林老師調差與校長結怨，此仇不報非政客，因而利用此醜案，通知各報的地方記者，大大炒個新聞，鬪臭鬪垮政敵。

分局長據報率領數名警員趕往學校，最重要先化解暴民的火藥味，保護學校及嫌犯的安全。

外頭殺伐戾氣，裏頭焦慮喪氣。

警員重重擋住校長室的大門，以防推擠的暴民再度闖入逞兇。于超遍體鱗傷倒在沙發上，噭咷痛哭著，室內的長官們都聽煩了，老校長繃緊了臉，勸說：

「于老師，不要哭了，大丈夫敢做敢當，目前應急商對策啊！」

于超乏力舉起手來，拚力拉住老校長的手，緊緊乞憐著：

「校長啊，你是我在臺唯一的親人，老哥哥哩……救……救……我……」

老校長面呈難色，捽掉于超的手，左顧右盼後，鄭重的說：

「于老師，你我僅是同鄉，不要胡來稱兄道弟，以免節外生枝，加深誤會。」

于超一聽，呆愣半响，停止哭泣，突然搖搖頭喃喃自語：

「人嘴如青草……風吹兩面倒……」

這時，分局長挨近于超的身旁，行家口吻問著：

「于老師，民事如先和解，你的刑事責任就會減輕，問題是……受害女學生有七、八名之多，則需要一大筆錢啊！」

于超睜大青腫的雙眼，很費力看著分局長，然後重重嘆口氣：

「我的錢被某人拿走了，只剩下捌仟多元，看來誰也救不了我，分局長……謝謝你啊……」

外頭的喧嘩聲越來越激烈，有位警員跑進來向分局長報告著：「趕快把嫌疑犯移送局裏，否則後果不堪設想！」

分局長連忙向室內的學校主管示意，說著：

「各位是否有意見，請趕快說出，不然就公事公辦了。」

校長、教務、訓導等三人，皆緘口默許。反而總務說出：「于老師辦理營養午餐有功於地方，請分局長善待他。」當于超準備被押解時，安維祕書向分局長要求著：「好歹嫌犯是位老師，請不要縛手銬。」

而警員幫于超戴上安全帽時，嫌疑犯頓時百感交集痛哭嘶吼著：

「我是冤枉的……我是被陷害的……嗚……嗚……都是你……你……」

于超手指著校長，又說：

「是你推我下地獄的，我原來與世無爭，在學校只是一個小角色，是你逼我辦營養午餐接學校福利社，得罪了那麼多惡勢力的人！我後悔，眞後悔啊……還有你們倆……」

于超手指改對教務及訓導兩人，續說：

「人情薄似紙，落難見眞心，不值得！」

這時，安維祕書輕輕抱住于超，感傷地勸著：

「老于，不要激動了，好好去吧！我會找關係去照顧你的。」

三位警員把于超團團圍住，於分局長前行帶路，前呼後擁準備衝鋒陷陣！在緊要關頭時，于超若有所思突然轉頭喊出：「老總呀！平常沒有交情，謝謝你的美言……」話還沒說完，人已被強行押走了。

怒海中，小船顚沛地穿過暴風圈，駛入避風港。

憤怒的暴民，羣隨警車離去，臨行還砸損了校長室及多間教室的門窗，以作爲洩恨！

世紀災難的現場，老校長含著眼淚，指示部屬善後：教務趕寫公文呈報上級，訓導出面安撫受害的學生家長，總務限時修妥受損門窗……老校長私下告訴安維祕書說：

「幫老于找位好律師，律師費由我來出，這可要保守祕密，否則難敵衆怒呀！」

當天下午，于超被警方移送地方法院，馬上收押禁見。

隔天，各報紙的社會版，以最醒目的標題登出本案。

第四天，教育局急令：「于超被解職，校長及教務、訓導兩主任分別記過處分。」

于超被單獨幽禁一間二坪大的囚房。除了牆壁上的塗鴉，畫在地板上的棋盤，以及一包衛生紙，再也找不到任何有文字圖樣的紙張。于超完全被隔絕於另個空白的世界裏。

他全身的傷勢作痛，心內更痛！

斗室，沒有時鐘，憑依天窗的明暗；眞正的孤寂，偶而蟑螂出沒；聽不見喜怒哀樂的聲音，只有走廊單調來回的皮鞋聲。

飽受驚嚇的于超，是需要安靜休息。

但是面對空白的生活空間，空白的自我孤獨，空白的未來命運，三天後，于超終於崩潰了，放聲大哭！而哭聲引來管理員的斥罵，卻令他有股親切感，於是越哭越大聲，引來的罵聲越粗鄙，于超似初生嬰兒，哭返人間樂土。

禁見一星期後，才被拘出開偵查庭。

隔天，解除禁見，改配一般囚房，于超從此踏入惡人國，更殘酷的考驗正等著他！

于超不會武功，不懂江湖，不帶錢財，誤闖龍潭虎穴，頭關就吃盡苦頭！

于超離開禁見房時，全身發股惡臭，衣服汚穢不堪，因爲他這一身行裝，正是被暴民圍打時的穿著，足足七天未曾換洗。

管理員掩著鼻子帶領于超來到一間大囚房，很快打開門，很快把人犯推進，順口說著：「香蕉案的。」很快又把門關上。

于超似瘦弱老鼠，惴惴地蹲在床頭，一眼望去，滿床橫眉怒目的兇貓，其中有隻小白貓說話：

「爬進來，快⋯快⋯廁所旁邊是你的位置。」

當老師的爬不來，也不想爬，大膽地走出二步，但冷不防被另隻大黑貓起脚正踢！嚇得小老鼠五體投地。

小白貓又說：

「你講那一國話？走什麼綫喲？報字號出來！」

于超想了一下，才說：

「我說中華民國的國語，走……走山綫的，我字衡號香山……」

鼠話未說完，羣貓已哄堂大笑，但馬上收斂。有隻老花貓嘆口氣說：

「是巷子外的，又是老芋！細漢仔，向伊說明房規。」

「是，房主。」

於是，小白貓發問，小老鼠回答：

「依照房規，新收者入舍得交五佰元錢卡，馬上交？」

「我匆匆的來，沒帶錢！」

「依照房規，新收者睡厠所旁邊、洗所有的碗筷、替房主洗內褲、還有叫大菜請大家以作見面禮……」

「我匆匆的來，一切請包涵！」

「依照房規，新收者要恭請房主開庭。」

「我匆匆的來，昨天才開一庭！」

「依照房規，我操你媽的屄！你在給我裝糊塗？」

「我匆匆的來，什麼也不懂！」

「依照房規，你沒錢沒勢沒知識，就得吃碗魯肉飯壓壓驚。」

「我匆匆的來，是吃不慣這裏黃米飯！」

「依照房規，諸位動手啊！」

「我……匆……匆……的……來……不懂……」

于超被大黑貓按倒在地，羣貓全部湧上，爭相拳打腳踢，等到老花貓喊停，才結束一頓魯肉飯！

當晚，房主有令，于超洗掉身上臭味，穿上房主提供的陳年衣服，像認命的家庭主婦，服侍十來位的舍友吃晚飯。飯後，洗淨碗筷，洗好老大的內衣褲，于超總算喘口氣，才躺下休息時。

「喂！新收的，起來……起來……準備開庭。」

老花貓扮演推事，小白貓是書記官。

大黑貓是法警的人選，小老鼠必然是被告啊！

其時，舍友們早已從報紙得知于超的光榮事蹟，所以今晚例行的開庭，由房主親自審判。

小白貓裝腔作勢的宣言：

「傳被告——于超。所犯的是香蕉案，這條香蕉特大的，連爽七、八位幼齒。」于超馬上被大黑貓硬拉起來，然後罰他作半蹲姿勢！而小白貓開始問案情，專挑敏感、直入的淫慾話題，硬要于超詳細敍答，以便娛樂牢中的難友們。

于超的雙脚，不堪半蹲式的挫力，一開始就打擺、痙攣，額頭冒出斗大汗珠，臉部痛苦扭曲著。

大黑貓似以整人爲樂，適時朝向被告的腿腱肌，重重打了兩拳！于超慘叫一聲倒地不起，蛇蜷般呻吟出：

「同……爲落難者……相煎……有何用……」

推事不想玩了，逕自宣判：

「有罪。金龍伺候（註：意喻金龍牌的牙刷，牢中黑話。），刷洗五十遍，由書記官執行。」

于超這位異族，來到陌生的國度，聽不懂黑話，看不清黑霧，學不會黑道……於半夜人靜時，他忍不住強烈思鄉病，暗地啜泣寫著家書：

「××祕書如握：

愚弟一時失足跌入這弱肉強食的黑暗深谷……」

8

黑信被監方退回，因爲寫了黑牢中黑幕。

舍房的老大被管理員例行的警告：房事適可而止。

弱鼠被羣貓捉弄折騰了兩天，老花貓逐漸相信于超的供詞。事實證明，弱鼠的香蕉頭，任憑金龍猛刷，仍垂頭喪氣，的確早已陽痿了！

于超陷於無助的困境中，還好，今早被通知特別會客。

在特別會客室，安維祕書坐在舒適的沙發上，卻驚見迎面而來的于超！

十天未見，彷若隔世，理個光頭的于超，兩眼深陷、印堂發黑、臉薄無肉，全身猶見青紫的傷痕！行動呆滯不靈，走起路來，下體似乎吊重千斤？

于超見了親人，忍斂終於崩盤，熱淚奔放而出，往前抱緊祕書哭倒在地。另旁監視的管理員，輕聲阻止，要他倆節哀順變，把握有限的會客時間。

祕書出言敏感：

「老于，看你走路艱難！是否被刑求了？」

于超有點氣憤有點難為情，悄悄說著：

「下體被刷破皮，腫了起來，排尿有困難……不是被官方行刑的，而是那班沒有人性幹的……」

祕書只能唏噓安慰著：

「老于，是禍就躲不掉，你自己莊敬自強吧！先說重要記事，你的傢私等等暫時打包寄存在學校宿舍，我把你的存款簿、手錶、戒指帶來了，就交給看守所代為保管。本來老校長要替你聘請律師，但又怕被地方人士攻擊，所以校長給你貳萬元作為零用金，你得會心體諒他的眞誠。還有我帶本六法全書，你的國學基礎很好，在牢裏用心研究，打好官司……總之有事就寫信來……」

黑暗之路，仍有盡頭，于超摸黑潛行，偶見微光聊慰，提昇沈淪之心！他必須徹底忘掉于老師的身分，認命爲卑賤的階下囚，又將學習自私、勢利、冷酷、僞裝的求生技巧，方能生存於孤注一擲的惡人國度裏。

會客結束後，祈福靈驗。

于超馬上被調房，離開兇貓窩，轉住老鼠洞。洞內都住著老弱的病鼠，大家同病相憐，彼此相安無事。可賀的，于超遇見一老一少的知音。

老者知音是專以餅乾糖菓誘姦女幼童的七十歲老翁。少者知音是專以迷幻藥來誘姦少女的跛脚採花盜！多了幾位不要臉的難友，于超才逐漸恢復有頭有臉的自尊生活。

很快地，于超被以三種不同罪名提起公訴。開了四次辯論庭，每次都吸引喧嘩的人潮，當被告出庭時，總要挨幾記花拳綉腿，當然也飽受羣衆惡毒的羞辱。于超始終緘默低頭，不理外來的是非，行屍走肉般靜待審判。

于超內心經過無比的掙扎，如果他爲自己的行爲辯解，勢必釐清犯罪的過程，詳敘犯罪的情節，又經傳播媒體報導渲染，將使受害學生更羞於見人，甚至影響長大後的婚姻條件。

被告者沈默，是出於眞誠的贖罪！可是于超越不語，卻越引起受害學生家長的不滿！因爲于超這番苦心被興風作浪者解釋爲：「人家不在乎啦！靠山眞穩哩，最多判二、三年，關一年多就出來……」

惡意的傳言，在學校及地方，造成莫大殺傷力，影響所及，安維祕書不再回于超的來信，也不敢去看守所探望被告。而最具戲劇性變化，於外地避風頭的黃秀美的媽媽已經返鄉，並且要出庭作證。

終結庭一開始，氣氛顯得緊張。

于超一成不變的表情，今天也明顯異態！因爲一直抗傳出庭的重要證人總算現身了。

推事傳問證人：

「妳叫什麼名字？出生……與被害人之一黃秀美的關係？」

「我叫黃陳快，38年7月……黃秀美是阮查某囝。」

「黃陳快女士，妳有什麼證據…………」

「法官大人，請你過目，這張是婦產科的證明……嗚……嗚……阮查某囝的處女膜已經破了，大人啊！你一定要嚴判這隻猪狗畜生……」

受害女學生有七位，已出來作證的前六位，處女膜都完好無缺。而今天作證的最後這位，卻是最嚴重的受害者!?

被告的罪名，原是較輕的猥褻罪，現在又加條強姦未成人的重罪！于超馬上大聲喊出：「不可能的！她說謊！為什麼要陷害我呢？黃秀美的媽媽啊！妳已經拿去了玖萬元，為何要……」

法庭呈現騷動，被告者馬上被推事喝令閉嘴安靜！但此時旁聽羣衆的情緒沸騰起來，有許多衝動的家長大聲叫罵，法庭的秩序一度混亂。

經法警安撫清場後，法庭又恢復嚴肅。

原本欲放棄最後陳述的被告，則改變初衷將爭辯到底。于超難抑內心的悲憤，語無倫次說著：

「我……一生戎馬，打日本鬼子，打土八路，打八二三……」

推事氣閒打斷：

「于超，不要說與本案無關的話題。」

被告紅著眼睛又說：

「我……為學校，辦好營養午餐，整頓學校福利社，時時……」

推事氣閒再度打斷：

「于超，不要說與本案無關的話題。」

被告流下眼淚又說：

「我……這輩子賣給國家，家鄉留有老母親有小媳婦有……」

推事氣盛三度打斷：

「于超，你長話短說。」

被告擦乾眼淚又說：

「我……一直喜歡小女生，真的發於內心喜歡，像慈父般疼愛小女生……」

此時，庭上的家長發出噓吼聲打斷了……

推事出言向大家警告著：

「旁聽席再不安靜，就以搔擾罪處分！還有被告有話快說，不要談國事家事。」

被告紅著眼睛又說：

「我……一直喜歡小女生，眞的發於內心喜歡，像慈父般……」

推事氣怒四度打斷：

「于超，話不要重覆地一說再說，這是給你最後警告！」

被告流下眼淚又說：

「我……在軍中……」

「于超，你不要說……」

「我……在軍中……」

「法警！法警！」

推事盛怒地召來法警，將被告強行押解離去，于超情急放聲大哭，邊走邊哭邊說著：

「法官……大人……嗚……嗚……我早已不行了……秀美的處女膜怎會破呢……我是寃枉的……中華民國萬歲……萬歲……」

于超似革命烈士被押往刑場時的慷慨激昂！

推事搖著頭退庭了，家長們紛紛議論著：

「不但心理變態！而且還帶有猶症！」

「強姦女學生是一回事，八年抗戰又是一回事，辦理營養午餐是另回事，怎麼能混在一起說？」

「合理……合理……阿快的查某囝被破功哩！所以伊獨拿玖萬元……」

「慈父般疼愛小女生？幹伊娘！」

革命烈士被殺頭後，

經過四、五年，

又是好漢一條！

于超提著行李，踏出重重鐵門，在管理員祝福聲：「不要再回頭！」走上新生大道。

他向前走了五、六分鐘後，忍不住回頭看看那高聳圍牆以及巍峨大門。他綻出得意的笑容望著自己傑作，細聲唸出：「臺灣××監獄」斗大的門樓題字。

同行的幾位假釋的難友，早已飛奔離去，每個出獄的人都想趕快忘掉這鬼地方的一草一木。因爲帶給他們只是痛苦的回憶。

于超摸著頭頂短髮，邊走邊想著：「失去自由的這段時日，朋友一年比一年少，頭髮一年比一年白，錢存得一年比一年多。黃秀美一定一年比一年漂亮，是高中生了？也許是小媳婦了！萬惡的林老師必然一年比一年胖，最好胖得中風！詐我的店老闆如一年比一年陰險，我必幹掉他！老校長一年比一年老，想必退休了？安維祕書一年比一年高，聽說高高在上！哎……哎……記性一年比一年的差，可是處女膜一年比一年蒙塵，我決意突破！」

新生者來到新建車站，看到新世界，一切都覺得新奇！他很幸運搭乘新型的中興號，駛向他的新生地。

晚上，于超悄悄地舊地重遊，回到昔日執教的小學。

舊教室都改建成新式兩層樓，一排排老榕樹都不見了，倒是校園內似乎種了許多花，因夜幕低垂，一切黯然失色！

令他驚訝的是，伙房的建築物完全消失了，于超慢慢推斷的結果，發現被這幢半圓型的樓房取代了，他仔細看了拱門上的題字：「德謙樓！」哎呀！是紀念老校長？莫非……

「是誰！誰在那裏？」

聲音傳到，燈光也照來，于超一時張不開眼睛。

「你是誰？在這裏做什麼！」

聲音很熟，身影更熟，于超避開燈照，嘗試喊出：

「是老總嗎？是老總！我……我是老于……」

「老于？那位老于……」

「貴人多健忘！我是于超，于超老師！」

「喔……喔…老于！老于！你……你……逃獄啊！」

「他媽的！是假釋了。」

「哎……哎……對不起，恭喜你，恭喜你。」

總務主任今晚值勤，於例行巡邏，撞見于超，兩人相互接近，彼此拍肩，爭說：

「老于，你壯了！」

「老總，你瘦了！」

看來獄中生活易？社會生活難！

老總第一句話：

「來拿寄存的行李嗎？」

老于第一句話：

「老校長怎樣了？」

五年了，世事變化很多。

昔日的于老師，個性優柔；而眼前的老于，變得陰狠，環境能改變人的個性。相對之下，老總變得沈默了，沒有當年的爽朗粗情。

于超利用晚上返校，避免刺激民情或撩起舊恨，他喜歡徐志摩的偶然，希望此行匆匆來匆匆去，不帶走任何感傷。

年久失修的單身宿舍，已經沒人居住了，一片破敗、陰森、令人膽寒怯步！

于超是包租計程車來回，所以不能久留，也不想多留，老總很快地領他回到傷心地。院子裏不見妖樹及茉莉花叢，卻堆滿破舊課桌椅及磚頭建材。手電筒簡單的光束，仍照出觸目的彈痕，于超肅然地憑弔古戰場，輕輕推開破門，有點抱怨：「沒有鎖啊!?」

屋內略有整理過，但仍到處見著蒙灰的石塊！于超望著兩大箱行李，眼眥突然熱濕，眼鏡整個模糊了。行李箱後似乎有股詭異寒氣，當于超想動手開箱時，老總卻搶先以巡邏棒重重擊打行李箱，瞬間躍出數道陰邪的青光！老總硬拉著于超奪門而出，並且很快離去。

于超很迷惑問著：

「老總，幹嗎！見鬼了？」

老總一口氣帶領于超回到值勤室，明亮的照光才照出老總一臉驚嚇！此時，老總才慢慢道出：

「那裏已變成蛇窩，本來我是不敢去，但不想掃你的興，所以去碰碰運氣！」

于超想了一下，很灑脫的說：

「也好，舊的東西都不要了，完完全全忘掉那段傷痕，我想該走了。」

「那我送你……」

「好啊，車子停在校門口。」

十分鐘的路程，他倆卻走了半個小時，老總說盡五年來世事變化，于超聽完之後，坐回車內，互道保重，也許永遠之別！

白亮的車燈，似一把利刀刺向黑暗大地，于超的兩眼直瞪著白冷的刀肉，久久說不出話來。

司機好奇問著：

「沒有行李啊？」

于超只是說：

「舊東西，礙事！」

9

車子駛入市區，于超的視野隨即五光十色，原本黑暗之心整個明朗繽紛起來。他住進一家賓館，推掉一再想助人為快樂之本的女服務員，他只想單獨享受自由的安眠。

躺在軟綿綿床上，他的賤骨頭無福消受，渾身不對勁難以入眠。後來，索性改打地舖，硬才好睡！

今晚臨別時，老總滔滔不絕一口氣向他行銷：「善有善報、惡有惡報」，他是爲本身惡行而付出慘重代價，而其他的人呢？有的已報，有的時間未到！

想起老總如數家珍的一一點名：

「出事後，老校長在地方擡不起頭來，在學校說不出重話，落寞寡歡直到退休。老校長把退休金捐出，蓋了德謙樓圖書館，曾私下對我說：「贖罪之心意」。老人家已去美國投靠兒子享清福了。

出事後，林老師如虎添翼，橫行於學校內外，時常對老校長冷嘲熱諷，非常囂張。於二年前，喝醉花酒，回家途中，出場車禍，到現在仍靠輪椅代步。

教務主任與訓導主任老樣子。出事後，託你的福被記了過，升官無望，只好想發財，兩人在外面都搞副業，好像還不錯哩！

營養午餐是塊肥肉，也是生非惹是的禍源，出事後，再辦了一年毅然就結束。因爲林老師大撈油水，菜色菜質每況愈下，店家爲了爭取生意，黑函到處檢舉……。

出事後，受害的女學生由學校特別輔導，一直到畢業仍心存陰影，對男老師保持戒慎！最可惜的是黃秀美，轉學至都市就讀，後來……聽說……嫁人了。

安維祕書於出事後，最受地方人士責難，因爲他暗地幫你不少忙，現在調到省級大學校，很久沒聯絡了。

工友也退休了，店老闆的雜貨店生意清淡，他很少在鄉內活動，聽說在都市投資事業了……還有……喔……不行……我已經在修身修德，不談男女私會之事……」

于超把老總的話重新體會一遍，想累了，也想睏了，臨睡前，他突然想起老總談及本身時：

「出事後，我看盡學校及地方的是是非非起起落落，一次偶然機會，我有幸與仙佛結善緣，經過明師指引，開始修道尊崇一貫，年前我已經清口不殺生了……」于超回想至此，方恍然大悟，不禁啞然失笑，看來他的行李箱將繼續接受蛇窩的保護，只要老總還任職其位。

隔天，于超慣性早起，但他發現自由的國度仍在沉睡中。在牢裏，他總利用大清早，自我腦力訓練，以防長期監禁而智能呆滯衰退！所以專揀一些困擾之事，來個分析、研究、歸納之科學思考。今晨，他以老總昨晚閉口不談的私會之事，嘗試解出男女主角是誰呢?還有是否涉及他所承受的處女膜之寃呢!

可是,他放棄了,何必庸人自擾呀!逝去的歲月已無法追回,何況他是咎由自取,今後何去何從才是當務之急!

早上,于超搭乘北上火車,離開這熟習的中部盆地。

在新莊,于超很快找到昔日的軍中袍澤,順利得令他意外。

七年前,于超曾提供十萬元幫助對方創業,想不到這筆錢卻成爲他出獄後救急之用,否則他寧可返回監獄裏。

原本,于超有暫時借住之意,但他尙未開口,對方的老婆已經把話說明,令對方猛向于超道歉!

那也難怪,對方有二女初成長,而于伯伯曾有一舉連吃七女的紀錄,誰願意引狼入室呢?

不過,有錢好辦事,先找房子再找職業,于超有信心面對未來。

以後,半年之內,于超搬了三次家,換了七個工作,生活一直無法安定下來。

到了辦年貨的節令時,于超乾脆在市場擺攤,當場揮毫賣春聯。他寫得一手好字,所以生意很好，從早到晚寫個不停。

除夕早上，市場到處人潮熙攘，于超正忙得不可開交時，彷若聽到：「老師……我買……」他敏感地卻猛低著頭，只顧做買賣，那聲音似乎是個幻聽，不再出現了。

顧客似圍城的兵馬，繞城喧嘯，一波上一波下，弄得守城者昏頭轉向！到了中午，人羣慢慢散去，于超精疲力盡坐在椅子上，閉緊雙目靜靜養神著。

「老師……老師……」

幻聽從于超背後響起，迅速繞到前面，而且更加響亮肯定：

「是老師……老師……」

于超彷若面聖的臣民，形色倉惶不敢擡頭見駕，對方彎下腰來，一張圓臉好像春聯福字硬貼近于超的鼻樑。

「老師，是我啦！秀美……」

「秀美？秀美！是秀美嗎？」

「是的……是的……老師，我是秀美啦！」

今天是闔家團圓日，也是失散的情侶重逢時嗎？

對他倆而言，只是久未聯絡的師生在異鄉巧合相見而已。如一般的故事，學生已爲人母，且對自己的小孩頻說：

「乖乖……叫爺爺……叫爺爺……」

于超趕緊推開椅子，很快出手欲抱起小孩，那知乖孫子怕生，哇哇哭了起來，略爲稚氣的媽媽卻很熟練抱住小孩疼疼惜惜著。

天空爲何下起冷雨呢？

今晚是除夕夜呀！

喔！大概對他倆而言，今天的重逢是最值得感傷一番。

于超很快收攤，半信半疑跟著秀美走，經過商店時，他堅持買了許多年貨，然後費些功夫才攔部計程車，跳了五十二元車資，被要求付了壹佰元，他倆及小孩子才下車，雨下得很大。

半新半舊的公寓，秀美住在三樓。

「老師，先喝杯熱水，暖暖身。」

秀美對老師的體貼沒有變，可是于超頓感渾身不對勁，緊緊張張坐立不安。

秀美把小孩哄睡了，把年貨分類擺好了，于超看在眼裏，心裏想著：「她在校是好班長，在家是好主婦，哎！這麼好的女孩子，應該是青春活潑的高中女生，是我害了她，我該死！」

而秀美表面慢條斯理做著家事，其內心如走馬燈急轉著不停：「是我害了老師……是阿母害了老師……是人面獸心害了老師……不過，老師也害了自己……」

中飯很簡單，一菜一湯，兩人對坐。各吃半碗飯。

飯後，談心。

以前，老師講課，學生筆記。

此時，秀美談生活，于超用心聽。

……出事後，秀美全家搬到城市，她只唸了國一，就嫁人。對她而言，不是出嫁，而是被賣掉了。不對，她還是很感激媽媽，因爲人面獸心向媽媽說：「反正臭名流傳，將來嫁不到好人家，乾脆將伊賣到查某間，有七、八十萬的行情，可以利用此錢來栽培小弟小妹。」但是媽媽仍有良心，只將她賣給現在的丈夫，代價肆拾萬。

她的丈夫，是退役的老士官長，今年六十二歲了，身體保養得很好，目前在新莊的大紡織廠當守衛，很顧家，也很疼她及小孩……

這時，小孩哭醒了，秀美抱起孩子很自然拉高半邊毛衣扯開胸衣呈現出結實乳房，大大方方哺乳著。

于超只是驚鴻一瞥，趕緊頭轉一邊，心裏狂亂著：「白蓮霧已變成圓熟的紅蓮霧了！」

小孩子吃奶又吸又抓的輕狂，是天眞無邪，聖潔的。

老師吃奶又吸又抓的輕狂，是原始情慾，猥褻的！

秀美似乎故意向于超展示她的成熟美，含情脈脈說著：

「老師今晚留在這裏吃晚飯，我的先生今晚輪值守夜，不回來了。」

于超很訝異問著：

「今晚是除夕夜，全家要團圓啊！」

「我的老公常說，孩子很小，他要努力多賺錢，代值今晚的班，行情比平常高出五、六倍。」

「不對的，精神比物質重要，如果是我，寧可付出高代價而要在家吃年夜飯。」

秀美聽了，把小孩又哄睡了，她的眼睛也紅了。

于超感覺到自己失言了，不要去破壞秀美難得的幸福，不能來打擾秀美平靜的生活，他站了起來，就說：

「秀美，我要走了。」

秀美才把孩子放回床上，方轉身時，一聽老師要走，卻情急飛奔而來，緊緊抱住老師，哭訴著：

「老師，你帶我走，我們遠離這個地方，老師走到那裏，我願意跟到那裏……」

不知所措的于超，只能說：

「秀美，不要傻了，妳的先生很好，又有孩子了，好好珍惜幸福的日子，過去是老師害了妳……」

「我……我只是幫他生孩子，我跟他沒有感情存在，我愛的是老師……嗚……嗚……」

于超這時才心疼反抱著秀美，緊緊擁住她，讓她盡情宣洩這多年來所受的委屈。

于超終於留下來吃年夜飯。

這也是奇聞，除夕夜，丈夫留宿工作單位，把團圓飯讓給老婆與她的舊情人在家慶賀重逢。

所以，于超於此起彼落鞭炮聲中，離開了秀美的公寓，走在寒夜冷清的馬路上，滿懷著忐忑不安的罪惡感，他必須離開此地，並且要快！要狠！要下定決心！否則他這輩子永遠陷於罪惡的深淵中！

而且，他也後悔著，爲何要留下地址呢？

不留下地址，就不急於搬家；而留下地址，就得趕快搬家。

在大都會裏，要找個安定的家，很不容易。

他好不容易才安定下來呢！又要搬家了？而且在春節期間？

一切，只好等到初五開市後。

10

新年

初四、接神。

可是于超於中午卻接錯兇神！

外面急促敲門聲，于超才喝下一杯暖酒，頗感納悶打開門時，卻闖入一位滿頭大汗的老者！

「我不認識你！你是誰啊？」

「我……我……哇……嗚……嗚……」

對方尚未報上名，卻先大哭一場。

新年新頭，卻進門哭喪！于超很生氣大叫：

「幹什麼！幹什麼！神經病呀！出去……出去……」

此時，對方才減低哭聲，卻說出：

「我是秀美的老公，叫左自中，哇……我殺人了……」

于超一聽到殺人，好像聞到刺鼻的血腥味，驚駭地閃到牆角，拿起一根鐵條，惴惴說：

「你殺了秀美？爲何要殺秀美？我沒有與秀美怎樣！除夕夜，我只是去吃年夜飯，我告訴你，老鄉呀！我早已不行了，在軍中，我早就被屄了……」

左自中終於不哭了，勉強平靜說著：

「秀美好好的，我是錯手殺死了人面獸心！」

「誰是人面獸心啊？」

「人面獸心就是我丈母娘的老相好。」

「左先生，你幹嘛殺死他？」

「殺他！殺他千刀，還便宜他呢！秀美就是先被他弄大肚子才過門給我，胎兒已經四個月大，還好老天有眼，後來流產掉了。

他平常白幹我丈母娘，連我丈母娘的女兒也幹了，我的丈母娘還是他的表叔嫂呢！幾年來，我搬了幾次家，就是要避掉他對秀美的糾纏。想不到已平靜半年了，爲了這次過年，秀美很孝順寄錢回家，他卻按地址找上門來！」

這時，于超也跟著熱血滾滾，隨著左自中，要趕回命案現場。左自中騎著機車，後載著于超，迎著冷風急駛。左自中一路滔滔不絕，于超聽完了案情，臉上也噴滿兇手的唾液。

三樓的公寓裏，死者倒在臥室的地板上，喉嚨揷把剪刀，鮮血已經凝固了。而秀美抱緊孩子兀自坐在客廳的沙發上，似乎已經嚇呆了，兩眼失神地望著丈夫及情人。

丈夫對情人說：

「于先生，請你照顧內人及孩子，我等會就去自首。」

情人對丈夫說：

「這……這……你放…心…放心……」

于超逕自走近死者，突然起脚踢著屍體，咒罵出：

「好個無鬚老大啊!?」

丈夫又對情人說：

「于老師，你的事情我都曉得，我們都是時代的犧牲者，打了一輩子的仗，好不容易安定下來，卻被繁榮富裕的社會擊敗我們！」

情人問著丈夫：

「老左，你府上那裏？在那個部隊？民國幾年出來的……」

兩位退役的老兵，卻先來個全國統一模式的交友對談，相互了解後，方知四川與浙江空軍對陸軍，都是變色三十八年出來的……

丈夫對情人認親地說：

「老弟，秀美是你的學生，我相信你的人格！」

于超沉思了很久很久，突然蹲下來，雙手握緊剪刀，戳穿了屍體的喉嚨，咒罵出：

「刺破處女膜的代價！」

當于超再度站起來時，對左自中說：

「左兄，你不是兇手，而是我！我去自首。」

丈夫流出熱淚對情人說：

「老弟，你不要胡說，我才是兇手！」

情人望著秀美抱緊孩子的堅決神情時，不禁啞然失笑：

「第八節課是慈父般疼愛小女生……慈父得替代小女生去受罪……」

吹笛人

他每日吹竹笛，
專閹畜生的卵巴，
時常吃補卵巴炒麻油，
吃得金光閃閃，瑞氣一條，
可是最怕女色。

1

雞興仔騎部老鐵馬，管轄附近鄉鎮三、四十個村落的雞內事，他俐落的快手快刀，二、三下就使雄糾糾的公雞大勢已去，替農家擺平雞寮內的爭風吃醋。

大俠出巡，獨特的噱頭，他沿路吹著尖銳的短笛，其威風招搖，聽說在他的轄內猶穿開檔褲愛哭的小男孩，一聽嗶嗶笛聲，就馬上息哭且手護子孫袋趕緊躲到母親的懷裏！

初懂人事以來，保持二十多年的習慣，每隔四、五天自動夢洩床上，雞興仔是吃多了職業名菜，時常雞寮鬧春的節氣，只一個早上，他隨身的小鐵罐，就已裝滿一粒粒鳥蛋般血腥味的雞睪丸，嘿……嘿……熱炒蔴油整盤，吃得金光閃閃瑞氣一條！

可是，雞興仔今年四十不惑，仍尚未娶妻，真令村民疑惑啊!?村內老輩有此一說，雞興仔年幼時，在豬舍玩耍，被發情的豬哥咬破了成人之器，因而散功失勢，長大後也無能成人之美，所以他含恨專學閹術，難消今生的怨氣。

這天，午后，頂頭七月太陽，雞興仔雖頭戴斗笠，仍騎出滿身大汗。當他抄捷徑穿越蔗園小路時，乍聽這片綠海中傳出男女爭吵聲，他不禁咒罵出：「光頭白日，愛爽又假仙，不知廉耻……」但他卻越騎越慢，勉強騎離情慾的風暴圈，好奇心又令他繞回頭。

他才騎回是非地，突然從蔗園裏跑出一位衣衫不整的中年婦女，張惶地撞倒路見不平者！鷄興仔瘦小身子結實壓在中年婦女豐滿的身上，他的頭剛好枕在婦女的布袋奶，熱烘烘的，軟綿綿的，舒服地佯作重傷昏迷。

此刻，蔗園裏又追出一位年輕男子，光著屁股顯現一道道被蔗葉割傷的血痕，像隻思春的野猴子，紅透屁股毛躁地連連鬼叫！

鷄興仔刹時從溫柔鄉驚醒跳起來，從工作袋摸把手術刀，本能地注視對方碩實的鳥蛋。不料坐在地上的中年婦女，卻莫名其妙推他一下，急聲喝阻的說：「刀下留人啊！」跌個踉蹌的鷄興仔，順手比畫了幾刀，就嚇跑了對方，聒噪地逃之夭夭。他回頭怒視著此位婦女，不高興的說：「査某心海底針，少年契兄是妳的可愛仇人啊！」

「夭壽……夭壽……黑白講……」

中年婦女一面整衣一面急辯，當她解下頭巾，卻彼此認識對方，畢竟在鄉間流轉的總是有限的幾張熟臉。

原本自認英雄救美的鷄興仔，了解方才的事故後，啼笑皆非自個兒矯正歪斜的車把，心疼那由小鐵罐散落地上的下酒菜，皆沾滿了泥塵。

一會兒，他目送急急離去的隔壁村生元嫂，心念感嘆，自言自語說：「守寡的大嫂得時時提防性咄咄的痴呆小叔，鴨寮內那有過瞑的蚯蚓啊！」

二天後，他例行的出巡，特意繞經生元嫂的家，於豬舍旁的柴房，不時傳出低沉的狼嗥，圍觀的孩子們時聚時散，大玩探險的嘻戲。

陰濕的暗房內，關著生元嫂的痴呆小叔，雙脚被釘上鐵鐐，欲振乏力作困獸猶鬪！鷄興仔趨前探望幾眼，油然起同情心，冷不防肩膀被重拍一下，回頭則見著生元嫂的孔武有力的公公。

風霜的老人，誠懇謝著：

「阿興啊，感謝你前日的解圍，阮媳婦一一向我講明。」

「唉……金元已經變大人了，像大鷄公到處追抓鷄母哩……」

「生元車禍身亡，有五年之久啦，好不容易淡忘悲傷，家內清平，如今金元這隻畜生，卻開始作怪惹禍，竟然五倫不分，連兄嫂也……」

「總是天地生成，自然養性，莫法度啊！」

「阿興……你專門閹鷄……應該也會閹人……」——

「愛講笑！畜生怎樣來比人呢？我要走了。」

鷄興仔說走，走得很快，頭不敢回，笛子也不吹，彷若逃離人獸不分的罪惡城。

七月尾，來個中度颱風，由八掌溪出海口登陸，一路順風席捲整個嘉南平原，災情慘重。

家家戶戶愁眉苦臉，沒有多餘同情心去關切周遭所發生的事。生元嫂這家夠悲哀，金元於颱風夜逃離柴房，至今行踪不明，其老爸冒著風雨找尋兒子，卻被洪水淹死，房子的屋頂也殘破不堪，生元嫂賤售幾分地的蔗田，草草料理公公的後事，可憐的寡婦帶著兒女搬往大都市討生活了。

鷄興仔自個兒忙著修理住宅，他的雙親早已亡故，只有一個遠在臺北成家的弟弟及嫁至東部的姐姐，所以沒有諸多的不幸，他趁機到處打零工，幫村民重整家園，好歹發筆災難財。

當他聞悉生元嫂這家的苦楚，總覺得好戲猶在後頭，俗云：「狷人九條命。」金元一定躲在某處，不久將重現家鄉，惹是生非。

鄉民使盡心力理妥災後重建，方有餘心發現家裏飼養的鷄鴨，於最近時常被偷！又有村民繪聲繪影，說是見著脚掛鐵鐐的金元，出沒於蔗園裏，蔗溝留有吃過的鷄鴨骨頭，如此聳聞使得村裏的婦女們終日不安，外出或下田皆結伴同行。

有天，水圳頭死條碗口粗的大蛇，蛇頭被搗個稀爛，好事的村民皆認定唯有金元的蠻勁才能幹下此款傑作，但自此以後，村內的鷄鴨不再失踪。

只是，臺糖的巡蔗員，卻發現某塊蔗田的內層，被吃掉十幾坪大的甘蔗，莫非金元是不食人間煙火!?

鄉間的萬頃蔗田，一片婆娑綠海，隱藏了無數的愛慾款曲，是情感走私者的樂園。

鄉內最大米商的耀桑，早與女會計玉葉有曖昧關係，他倆常利用午休，一前一後趕往耀桑的蔗田幽會。

耀桑頗具心思，在自己一大塊田地上，一年四季只輪種甘蔗，所以一年到尾都有一處成蔭的蔗田可用。他深入蔗園裏闢塊愛的小格局，拓寬了蔗溝，下鋪塑膠布，中墊甘蔗葉，上覆乾淨草蓆，每當戰事結束後，鋪蓋一捲，防雨防潮，方便又衞生。而進出的長長通道，鋒利的蔗葉皆被鐮除，只在出口處，僞裝密密層層的蔗葉，眞是狡兎三窟！

有天中午，古戰場正翻雲覆雨時，玉葉一對水汪汪杏眼通常只塡滿耀桑福態的大臉，於搖晃的間隙中，這次卻硬擠入另張恐怖的怪臉！

玉葉只狂喊一聲，人已昏死了，耀桑大驚失色，莫非母老虎趕來捉姦！他頭也不回，像隻大田鼠，光著身子快速地竄入蔗田的深遠處，留下玉葉作人質。

傍晚時，鄉內的壯丁拿著棍棒羣集大廟前，聲稱將圍住金元出沒的蔗園，一勞永逸爲民除害。

耀桑疲倦地坐在店內的客廳，接受絡繹不絕的鄉親前來探視安慰，他頻頻展示滿身血淋淋傷痕，說著千篇一律的臺詞，似沙啞的老唱片，吃力放著：

「我騎摩托車載著會計要去農會領錢，路過甘蔗園，玉葉肚子痛，說要上厠所，我就停在水溝旁，讓玉葉進入蔗園方便。

那知，玉葉在裏面喊叫救命，我不顧一切衝入，追抓惡徒足足翻過八、九十壠的甘蔗溝，所以全身帶傷。這位猶人專門強佔婦女，是金元仔沒錯的！他連自己的兄嫂也強下去，是社會的敗類、垃圾，要趕緊除掉。」

而鄉民皆彼此心照不宣，他們很淸楚耀桑的底細，此席話的表白，上半段是白賊啦！

下半段可能是膨風的眞話。

但耀桑的老婆，則竊喜在心，因爲玉葉這位賤人已經破相及破膽，密藏的狐狸窩被金元這隻猾狗衝破，還有滿身豆花的負心郎，也得到天理報應！所以她暗地向鄉親美言，如果抓到金元時，要同情伊天生痴呆，値得原諒，不能傷害伊……

圍捕金元的行動，喧鬧了二、三天，終於無功收場，鷄興仔也鬆口氣，他總是擔心金元如被鄉民抓到，必遭受一場無情的毒打。其實金元是無辜的，一切錯在老天爺，爲何上天給金元一身健康的生理！卻不給金元最起碼的智慧？成熟的生理需求使金元變成一頭思春的野獸，隨時隨地會闖出禍端。

金元的事只沉寂半個月，大廟口再傳出更聳動的新聞，說是金元夜闖某家的豬舍，發狂地騎在母豬的屁股上，強行作樂一番！

隔了幾天，又傳出數家晾曬於竹竿上的女用內褲，皆不翼而飛！這下，整個鄉情沸騰起來。

這次圍捕行動，正式由警察出面領導，有計劃的排出二十四小時輪班守候，把偌大甘蔗園的出入口皆放哨了。

一個星期下來，輪班的鄉民頗感吃不消了，警戒的精神開始鬆懈，於毛毛雨的夜晚，金元終於突圍成功，雖脚掛鐵鐐，仍健步如飛，迅速消失於東邊的玉米田裏。

隔天，西村的居民似乎鬆口氣，因爲燙手山芋已丟給東村了。東村發動數十位壯丁，在這片玉米田裏仔細搜尋一番，只發現明顯的脚印及折倒的玉米桿，金元爲何能如此神出鬼沒呢!?

鷄興仔的土角厝，孤立於東村的僻角，因靠近公墓，所以原有的鄰居相繼搬走了，而留下幾幢破屋。

這幾天的夜裏，小黑顯得浮躁不安，時常厝前厝後巡視，來回沉吟蓄銳，鷄興仔很疼愛這隻土狗，俗云：「咬人的狗，不亂吠。」所以他也注意到小黑的異樣。

秋涼、夜裏好睡，睡夢中的鷄興仔彷若聽到凄楚的人與狗打鬪聲。隔天清晨，他卻發現小黑死在厝前百公尺遠的田埂上，是遭受重擊致死的，地上留有一灘血汚，而且滴血斷斷續續向玉米田的方向指標，這分明對方也受了傷！

少了小黑作伴，夜冷陰寒，鷄興仔自稱擁有二個惡膽，而長期與死人爲鄰，已不怕什麼孤魂野鬼，倒是有點顧忌活生生的歹人。

小黑死後的第五天，夜風捲起青芒的秋詭，吹得門窗告急，鷄興仔躺在床上胡思亂想，突然後門響起巨聲，風作前鋒灌滿屋內，隨後清脆的鐵鐐拖地的金屬聲，鷄興仔不禁起了全身的鷄母皮，會是閻王派令牛頭馬面來捕捉他嗎!?因爲他閹割了成千成萬的公鷄，違反天理天條。

可是他馬上想到可能是金元，就迅即下床打開電燈，順手拿起木棒，小心翼翼走進大廳。

先是一股惡臭撲鼻，令人作嘔，當他亮起大廳的燈，驚見披頭散髮的人鬼，衣衫襤褸如同魑魅！鷄興仔本能握緊木棒惴惴問著：

「你……你是金元嗎……」

「啊……咿……啊……咿……」

「我不會害你，金元你有困難嗎？」

只見金元黧黑枯瘦的面孔，竟然潸潸兩股淸流的熱淚，結滿厚繭的汚手，慢慢自行拉掉破爛不堪的褲子，當他的表情呈現萬分痛苦抽噎時，赫然舉起已腫大發黑腐臭的下體！

鷄興仔忍不住掩鼻退後，遲疑一會，卻舉起木棒小心地托起金元的病根，無視病人的哀嚎，屏氣凝神審視一番。他心裏有數，那晚是小黑與金元的生死鬪，雖然小黑先走了，但是金元如不馬上去勢，死期已逼近了，而且不得好死！

鷄興仔突然想起金元的老爸在世時曾向他拜託：

「阿興……你專門閹鷄……應該也會閹人……」

2

一晚身心驚悚，破曉前，鷄興仔方入睡。天微光，送葬的鼓吹鑼鼓聲，突然驚醒了他，雖然累得僵直在床，但整個心思馬上清醒作業：

「今天是好日，透早有人入土爲安！今暝動刀光，我該如何是好啊？」

屋前的鷄舍卻傳來陣陣驚騷，他不禁叫苦說：「請鬼入門，麻煩事起……」勉強翻身下床，只走了二步，卻脚軟乏力，他提醒自己：「死了小黑，失落生活的忠伴，如果再失去這窩鷄，生活缺保障啊！哎……哎……㹻金元……停手……」內心的吶喊，促他一鼓作氣推開房門，衝往鷄舍。

整窩鷄好端端的，舍內多了十幾粒溫熱的鷄蛋，催生的幾隻公鷄得意地滿場飛。見不著金元的踪影，漫天高亢的亂彈北管樂，鷄興仔這才釋懷安慰自己：「是道士作法安靈，驅趕四方惡煞，鷄眼通陰陽界，我誤會了金元！」

早餐，他破天荒煎了六個蛋，自己珍惜地吃下一個，其餘的盛在盤子上，他端著同情心，一路東張西望，鬼祟地欺入一幢破屋。

屋頂大方漏光，一道道投射出天堂之路，破敗空房一片頽喪荒廢，彷若闡述世界末日的宣教圖：「信主，就得救！」

「金元……金元……」來自人間的溫熱。

「啊咿……啊咿……」來自地獄的喘息。

鷄興仔端著整盤蛋，兀立天堂口，淸澈晨光給他一身天使的聖潔，躲於暗角的金元，驚喜一早的神蹟，迷途的羔羊在走投無路時，昨晚才臨時皈依吹笛的天使。

「金元啊，把蛋全部吃完，才有元氣動手術，黃昏暗我會再來看你，不能亂走哩，聽我的竹笛聲……」

金元一口吞下整盤蛋，又伸長舌頭舔食盤底，無意張露白森的利牙，於暗室，格外刺目戾氣！鷄興仔抽口冷意，又懼又惜這靠啃甘蔗塡肚子的猶人。

鷄興仔今天提早幹活，騎上老鐵馬，一路吹著竹笛，繞經兩個庄社，卻馬不停蹄，不理庄民的招喚，彷若例行巡視而已，無意停留獻藝。

他是心事重重，沿途回想昨晚之事：金元托舉命根上門求助，且想起金元伊爸的死託，但自忖閹術的危險性，又驚念鄉民對猶金元的敵意。他一生平庸，從未有出頭的企圖心，今面對造英雄的時勢，措手不及的他，先善心地安置人人喊打的惡人，然後認眞考慮是否去通風報信呢？

漫無目的騎了一上午，他又饑又渴，當經過耀桑的蔗園時，他突想嘗試金元那款打發三餐的甜滋味，於是停車，藏妥鐵馬，雙手撥順蔗葉，低頭彎腰深入園內。

只啃吃二根甘蔗，已繪塗整張偷吃的花臉，勉強止渴了，鷄興仔懶懶躺下來，細聽肚子咕嚕響，不禁佩服猶人有九條命，難怪金元能以蔗田爲家！

秋風窮繞蔗園打轉，久攻不入園內，午陽從上頭潑撒餘威，整個密密蔗田是悶熱難熬的。鷄興仔正準備離去時，沙沙蔗葉剝除聲，由外而內快速接近他的所在地，頓時草木皆兵，緊張萬分。

就在右方第六壠蔗溝地，出現一男一女，忙著就地整床，也忙著細聲吵架：

女說：「我的終身事，你好歹有個打算！」

男說：「乾脆妳來生個甘蔗囝，生米煮熟飯，我可有藉口娶妳做小星。」

女說：「你每次騙我來蔗園時，隆是講好聽話，事後就反悔，我已經拿掉二個囝啊！」

男說：「早前時機未成熟，所以只好委屈妳，前日在此遇到猐金元時，起初我以爲是虎豹母追蹤來，當時我下定決心要與妳共生死……」

女說：「你人大元（胖），所以隆講大聲話，彼時我昏昏死死去，當醒過來時，發現自己仍赤身裸體,驚慌流著目屎穿好衫裙,孤單自行離開,心裏一直想,郎心如鐵啊！」

男說：「冤枉……冤枉……我力敵趕走猐金元後，回頭來找妳，還到處找啊！完全不顧自己滿身血水……」

女說：「算舊帳，一時理不清，你看我的臉上，已經有疤痕，你還愛我嗎？」
男說：「時間寶貴，趕緊來相好，快快生個甘蔗囝……就……」
不久傳來哎喲哎喲頻頻的呻吟，聽得偷窺者元氣十足，隨那激情的實況轉播，鷄興仔情不自禁捏緊褲檔，而且解下拉鏈，將黑龍昂然重見天日。
乾柴烈火，迅燃迅息，一會兒，只剩意猶未盡的感嘆聲。
女的溫柔問著：「你叫得像查某人生囝，有爽即款嗎？」
男的苦笑回答：「我全身的傷口未好，所以疼疼爽啊！」
女的嬌嗔又說：「你做鬼也風流。」
男的理直舉證說：「連那猶金元，隆想找洞坑出入，何況正常的人？查埔人的那根如果擡不起頭來，一生就烏有了。像鄉內的鷄興仔，每日吹著竹笛，專閹畜生的卵巴，時常食補卵巴炒麻油，但是至今仍羅漢脚，不敢娶妻生囝!?」
偷情的男女穿妥衣服，窸窸窣窣離去了，躲在另旁的鷄興仔，恨得咬牙切齒，心想：「原來耀桑一直暗中懷恨我不把閹割的補丸全數轉賣給伊！」於是憤怒地將黑龍朝向方才約會地點，口中唸唸有詞：「來了…來了……玉葉妳來換個口味，由我鷄興仔來款待妳……」

黑龍隨著主人意淫的使喚，同讎敵慨蓄勢待發，忞由手勢暖身，終於傾噴出生命精華，馬上鞠躬盡瘁！滿頭大汗的鷄興仔，沮喪自憐著：「玉葉啊……眞爽吧……雖然我只存下一粒卵巴……可是力頭比白賊耀還硬……」

至今，鷄興仔樂於自行手淫，卻從未敢於眞正接觸女色，只因自卑著本身生理的傷殘，這隻鳥槍只裝配一顆子彈，算個正常有體面的男人嗎？

有點尿意的他，爬越甘蔗壠，來到古戰場，朝著那蓆野戰床，報復性撒下尿水。充鼻的腥騷令他想起金元發黑生臭的病根，如果把金元閹割後，好好調理進補，伊的屁股會像閹鷄那樣肥肥嫩嫩，也許……妙不可言！他生殹莫名的興奮，急想趕回家裏，讓美夢成眞。

鷄興仔離開蔗園後，內心有所盤算，騎上老鐵馬轉入村內，來到本村本唯一的西藥店。他停妥單車，大步邁入店內，一見是老闆娘看店，自然害羞地細聲唸數：「我要紗布，紅藥水，消炎粉……」長長藥單使老闆娘扭著大屁股忙得不亦樂乎。

他的雙眼始終偷偷盯住老闆娘扭擺的風姿，而人家也偷偷知覺了，只是和氣生財啊！

所需的東西清點包妥，結帳時，老闆娘順口問著：

「準備閹大豬公嗎？」

鷄興仔也順口答著：

「是閹人的大工事！」

「鷄興仔你愛講笑。」

「頭家娘妳不相信嗎？平常閹畜生時，只用麻油消毒兼退腫，可是人的性命值千金，事前準備就要齊全。」

「喔……喔……萬一出人命，我也會有麻煩，這種生意我放棄，總共參佰伍拾肆元，算參佰伍就好。」

老闆娘聲言拒絕，手上卻忙著數錢，她的內心一直認爲：「鷄興仔故意用話來戲弄我，沒路用的東西，只會用嘴講……」就在此時，村長剛好踏入店內，見到鷄興仔，就大聲討人情：「阿興啊，庄內總動員圍抓猾金元，我體諒你細漢欠力頭……」

村長滔滔的說，鷄興仔毫不領情，提著所需的物品，自行離去，當騎上單車時，不禁朝向店內，大聲喊著：「小卒也會變英雄啊！」人就揚長而去。

村長被唬得頗感訝異，轉向老闆娘問個明白，當知道鷄興仔方才在店內怪異的言行時，村長陷入沉思中，一會兒，搖搖頭口誦著：「鴨母王造反？世事難料！」人也急急離去。

老闆娘眼看村長匆匆離去的神色，再回味鷄興仔說的玩笑，她開始有點擔心了，就憑那些簡易的消毒用品，是無法照應閹人的大手術，如果出人命，那眞是罪過啊！文明社會還有男人甘願去勢作太監嗎？

信心十足的鷄興仔，奔馳於回家路上，當望見家門了，他拿出竹笛，快活地吹著示意，而轉入屋前的空地時，則驚見滿地無政府狀態的鷄羣！他再也吹不出笛聲了，急忙跳下單車，跑到鷄舍察看，只見舍門被撞開，門鎖掉落一旁，他又急又怒回頭驅趕鷄羣，追來追去，鷄羣逃散，枉費力氣。

會是誰的惡作劇呢⁉鷄興仔很不願意懷疑金元，他抱著一線生機，來到不遠處的破屋子，款款地向屋內喊話。

裏頭傳出咯咯及啊咿聲，鷄興仔踏出沉重脚步，走入破屋內，發現了金元抱著兩隻鷄，人蹲在暗角處對他傻笑。啼笑皆非的他，佯裝很生氣很生氣的樣子，順手撿起一根木料欲作鞭打狀，嚇得金元馬上拋出兩隻鷄，自個兒縮避牆角！

凌空而降的鷄夥，一下子奪門逃出，掙掉的鷄毛游弋屋內，金元突然跳出來，伸手抓了幾根鷄毛，又退回牆邊。這時，屋外似乎衆人喧嘩，鷄興仔警覺地探頭張望，卻被村長眼尖看到，且大聲喊著：「阿興啊，趕緊報出狷金元的行踪，我率領數十名村民已經包圍此地。」

無計可施的鷄興仔，想及金元恣意毀壞鷄舍，放走鷄羣，狷人是不懂人情義理的，他簡直自找麻煩，何況今晚的大手術，他越想越沒有把握，還是把金元交給村民來論處。

出賣朋友的人，心虛著不敢回頭，自行走出屋外，向村長示意：「金元在屋內。」一聲吆喝下，拿著棍棒的村民將破屋團團圍住。

鷄興仔見到村民來勢兇兇，唯恐金元會受到毒打傷害，就自告奮勇要去勸降。他慢慢靠近房門，心虛得有點畏懼金元了，他朝屋內低喚著：「金元……莫驚……走出來……」招喚幾次，毫無動靜，他改口大喊著：「金元……有我保護你……莫驚……」

過了十幾分鐘，有些村民不耐，開始鼓噪起哄，卻沒有人敢率先衝入屋內抓人。過會兒，掛上鐵鐐的地獄逃犯，終於出現門口，一見外頭圍滿敵人，氣憤地推倒鷄興仔，狂飆奔前，硬闖突圍！但猛虎難敵三、四十隻齊上的棍棒，一下子打得金元口吐鮮血，倒地哀嚎不已。

雞興仔情急嘶喊著：「停手！停手！會打死人，金元身上已染重病毒！」村民一聽病毒，大家不約而同都拋掉棍棒，爭相往後退閃，這時，村長問話：「阿興，你講猾金元是身染啥米病毒？」

雞興仔拾起木棒，走近奄奄一息的金元身旁，舉著木棒小心地從金元破爛褲子裏挑出病根，鄭重向村民宣佈：「被野狗咬傷失救，已經毒發病重，要趕緊送醫院啊！」村民所期待的獵物，是健康活跳的，對整個圍捕遊戲，方能緊張刺激！但是此次行動，村民卻輕易擺平猾金元，而且獵物已百病叢生，危機重重，有些怕事的村民悄悄先溜了！

雞興仔緊盯著村長，一再叮嚀：「村長伯，由您來打算！」當村長認眞打量在場的村民時，每個人都忌諱著心想若被村長託咐，必是件不好意思拒絕的苦差事！所以村民一哄而散，且人人皆臨時自閉耳聾，聽不到村長在後頭的咆哮聲！

血腥的戰場，只剩下三個人，村長歷經風霜的老臉，一陣激烈扭曲後，轉眼又是世故的笑臉，客氣地向鷄興仔表示著：「我是戲棚上的父母官，好看頭而已！猾人九條命，你就當作閹割畜生來醫，我把金元重交給你了，如果發生意外時，你要去報警叫管區來處理，我的雜事煩重，這裏一切勞煩你……」

村長且說且走，鷄興仔緊跟相隨，前後走了數百公尺遠，村長說盡好話，心想仍無法退敵，轉眼把笑臉抹黑，不客氣直說：「你是山伯英臺十八相送哩？還不趕緊回頭去照顧你的換帖兄弟！」

鷄興仔不甘示弱反問著：「村長伯，你率領村民打傷金元，萬一有三長二短，棺材蓋壓不住冤魂啊！」

村長的額頭泌出冷汗，從口袋裏拿出一張五百元，乾脆了錢消災吧！可是鷄興仔硬不接受，還嘮叨數落一番，這下惹火了村長，馬上擺出父母官的強勢，厲聲說著：「阿興！你要替猾人出一口氣？你先算算自己的脚倉（屁股）有幾根毛？猾金元是村內的人共同打傷的，你去告啊！去告全村人啊！」

村長丟下官話及吃藥的錢，理直氣壯揚長而去，但故意走入竹林，然後悄悄繞回頭，就近窺探鷄興仔的舉動。只見鷄興仔注視著地上的錢，猶疑了半天，終於蹲下去，卻拿塊石頭壓在鈔票上，不屑地吐口水，而後站起，挺胸離去。最後，什麼樣的錢就由什麼樣的人拿走了。

鷄興仔忐忑回到破屋前的空地，則不見方才倒地不起的金元，他急急地衝入破屋內，才見著縮避暗角的可憐者。

挨場毒打的金元，一臉鼻青眼腫，本來已面目可憎，現在更爲猙獰可懼。鷄興仔滿懷歉意趨前探視，發現金元的嘴角仍泌出鮮血，他拾起地上的鷄毛，用羽毛來止血撫傷。粗糙的臉皮，仍佈滿敏銳的神經，鷄興仔無心挑弄著鷄毛，卻慢慢逗興了金元的觸覺，臉皮逐漸輕鬆微笑。而鷄興仔再扯掉金元已被撕成兩片的褲子，審視了今晚將閹割的病根！

鷄興仔憐惜地以鷄毛一再撫吸病根傷口的流膿，突然金元笑嘻嘻使出蠻勁緊緊抱住他！鷄興仔猛然想到耀桑在蔗園內疼疼爽的歪理，他暗自叫苦盡力掙脫。

兩者終於倒在地上糾纏一起，當鷄興仔臨危使出尋根觸擊，只聽金元慘叫一聲，迅速鬆手回歸暗角。

鷄興仔渾身沾滿腥臭，狼狽地走出屋外，狠狠說著：

「紂王無道，大勢已去，今暝斬頭示衆！」

3

天色昏暗下來，屋外久廢的土塊竈，重燃起熾紅烈火，照亮一向沈寂的孤島。大鐵鍋頻頻呼熱，鷄興仔忙著舀出沸水再注入冷水，一桶桶殺豬的滾水，被提入厨房，傾倒於砌磚的儲水池。熱騰騰水霧不斷湧昇散佈，鷄興仔樂於塑造虛幻的仙境。

夜色整個黑沉了，村內驚傳公墓出鬼火，一會兒改說曠野起怪火，後來證實是鷄興仔在外頭燒洗澡水！入夜受驚的村民，相互調侃著：「眞是神經過敏呀！」

事實上，金元並非天生痴呆，十二歲以前，仍是正常的草地囝仔，擁有豐饒的童年回憶，當然吹笛人的神奇絕技，更是小孩子心目中的偶像英雄。

金元十二歲那年，生場嚴重熱病，把大腦燒壞了，原本活潑生動的孩子，卻變成痴呆自閉的低能兒。且金元從小就沒有母親，往後空白的日子，獨自幽居家裏，因爲老爸及阿兄都必須外出做工賺錢。

直到哥哥娶親，家裏多個嫂嫂做伴，嫂嫂時常到鄉內附近做散工以貼補家計，偶而也帶著小叔一起去。每次外出時，金元總是乖乖坐在一旁，不吭不響，不吵不鬧，做嫂的也樂於帶小叔出來透透氣啊。

金元這個跟班如此做定了，演變最後，卻成爲嫂嫂莫大的心理負擔。因爲不管嫂嫂走到那裏或做任何事情，金元一直緊迫盯人！爲此，金元曾屢受哥哥的驅趕追打，因爲有誰能忍受自己的老婆在上厠所或洗澡或作愛時，而門外總是有位不相關的男人作無言抗議站崗著!?

金元慢慢長大了，當下體開始長出陰毛時，他時常用力將毛拔掉，弄得內褲沾滿血污，是個危險的思春期開始。後來終於發生金元一再對嫂嫂強求的行爲，金元的老爸只好以脚鐐及禁錮來處置他。但畢竟父子情深，總是安靜一陣子後，爲父的又將兒子解放了。

年前，金元有次隨著老爸去玉米田幹活，當路過鷄興仔的家門時，正好吹笛人自閹畜養的公鷄睾！金元眼看血淋淋的刀起卵落，空白的腦海中，卻浮顯出很模糊的潛意識偶像，但自此以後，金元很固執地記住鷄興仔的權威，且打從心底畏懼著。

於颱風的前夕，老爸曾一再向金元恐嚇著：「我早慢會去叫吹嗶嗶的人來割掉你放尿的鷄腸……」促使金元利用風雨夜逃走，而且不敢再回家了，當然也不曉得老爸橫死的家變！

二、三個月來餐風飲露的日子，金元如驚弓之鳥，到處流竄躲避。由棲身的甘蔗園，被追趕至玉米田，他一關關硬闖過！那知，於惡夜遇到一隻不吭聲惡狗，張口咬傷他的命根，因而改變了未來命運……

鷄興仔藉手電筒的光，進入破屋裏，很快揪出猛打盹的金元，彷若嚴格的父親搖醒貪睡的小孩，準備去洗掉瞌睡蟲，方有精神來完成今日的功課。

金元的脚拖重鐵鐐，一路跌跌撞撞，被鷄興仔推入厨房內。仙境已煙消雲散，磚池裏的溫水，猶冒出淡淡輕煙，鷄興仔以杓子盛滿水，冷不防潑醒了金元！開始動手清理這一身污垢。

剪掉長髮，見著青皮的馬桶蓋髮型，復古的時髦。

刮除鬍鬚及陰毛，時光倒流，只有十二歲。

硬毛刷子上下搓洗，鐵皮磨成血肉之軀，最費功夫。

厨房不良排水系統，使地上到處橫流泡沫狀類似工廠污水。

脫胎換骨的金元，像隻剛剪毛的大綿羊，瘦巴巴的，弱不禁風，乖巧順從主人使喚。

一身是水的鷄興仔，有汗水肥皀水及淚水，他像個屠夫，才忙完淨身刮毛的第一道手續，走到屋外透口氣，同時霍霍磨刀。

大鐵鍋已安靜洩氣，土塊竈內微火聊表，天上偶而飄下雨絲，長夜漫漫。黑暗中的孤獨，時常醞釀出偉大的事端，鷄羣早已自動回巢，擁擠的鷄舍內，最受主人寵愛的，總是屁股肥肥嫩嫩的閹鷄。

鷄興仔又重回厨房裏，則發現金元滿嘴清脆生蕃薯，所傳送饑餓感，令他想起忘了吃晚飯呢！他望那一絲不掛的金元，蹲在儲水池旁，正吃得津津有味，不時搖擺著屁股，似乎隱喻某種猥褻的肢體語言。

從金元身上，散發出刺鼻的洗衣用的肥皀味，這令鷄興仔有股欣慰的成就感。因爲金元像一件從臭水溝撈出的衫褲，經過戮力搓洗後，還他清白，晾乾中。

但鷄興仔阻止了金元的饑不擇食，拿走整籃的生地瓜，和悅的說：「手術前，要空腹啦！」而金元卻不予理會出手硬搶，鷄興仔情急將地瓜全部拋出屋外，同時大聲粗罵：「對猜人就用猜步數！」可是金元已經餓昏頭了，不顧一切衝到外面，從地上拾起蕃薯，張口啃嚼！

鷄興仔拿根木棒隨即追出，趕牛般虛晃猛揮，將金元又趕回厨房內，但牛隻仍不安於室，鷄興仔從腰際摸出竹笛，學那刑警追拿歹人嗶嗶吹出威嚇！

魔笛穿腦，提醒金元對吹笛人的固執信念，他乖乖蹲下來了，似待罪羔羊。

屋頂上嘩啦響起落雨聲，而且雨越下越大，氣溫驟降，金元的皮膚少層污垢保護，變得嬌生慣養，有點畏寒發抖！鷄興仔暗喜著：「天凉，好操刀，體凉，好復元。」

雨下足二個時辰，金元喝足兩瓶米酒，大地暫時喘息，床上有位沈睡的人，椅子上另位精神亢奮的人。

臥室的小燈泡，點明了人間少許的溫情。

鷄興仔搬個桌子入內，桌上置碗生麻油，所散發的淸香，叫人不斷地呑嚥著饑餓。

他又搬入小炭爐，很快升起熊熊的炭火。他在桌上攤開閹割的行頭，擺出中午在西藥店所購買的消毒及消炎的用品。

金元發出二長一短的鼾聲，酒氣已散掉大半了，鷄興仔拿出長長的痲繩，有系統地對金元進行綁手綁脚，費番功夫才把金元固定個「大」字，同時加強對脚鍛的牽就。

時間越來越緊迫，外頭又下起大雨了，這次夾著落雷及閃光。鷄興仔忍不住跑至廚房，朝門外放尿，只有尿意而沒有尿水，眞是精神緊張的併發症！

連續兩道脆雷，打在附近的竹林，燒焦的火味憤怒吹來。鷄興仔用心洗淨雙手，在頭上紮條毛巾，同時束緊褲帶，又喝口老酒，彷若上沙場的日本武士！而他只是從廚房要走到臥室而已。

鋒利的剃刀，在炭火上來回幾趟，馬上翻臉，寒意的刀肉冒煙生氣著。鷄興仔重施舊技，以鷄毛再度撫弄著金元的病根。

人雖睡死了，生理仍保持清醒，金元的下體很敏感的勃起。鷄興仔的背部冷汗直流，雙眼露出佈滿血絲的兇光，行刑的時辰已到，此刻的大地鬼哭神嚎，他的左手終於握緊病根的頭，右手舉起剃刀……此時的金元似乎感受到殺氣，突然翻身欲改變睡姿，翻了幾下，礙手礙脚，金元慢慢張開千斤重的眼皮……此時此刻，雷神不忍心見著血腥的人間慘事，趕緊向鄉間的變電所大聲暴喊：停電吧……黑暗中，刀起頭斷，金元的世紀哭聲，鷄興仔的小丑笑聲，外面的雨聲雷聲……

月亮終於露面，勸止了一切喧鬧，大地安靜了，鷄興仔耳塞紗布睡著了，只有金元哀不妥協一直悲歌至天亮。

當鷄興仔醒過來時，驚見自己穿件血衣，新出爐的陽光，逼他馬上走出厨房外，許多老老少少的村民正歡迎著他。

一夜之間，這個世界變得和和氣氣，村民講話皆輕聲細語!?但鷄興仔只興奮了片刻，當他解下頭巾時，順手撥掉塞耳的紗布，這個世界又回復原來的吵吵鬧鬧了！

大英雄面對聞聲慕名而來的羣衆，人家都渴望能聽到他的英雄事蹟。村民開始七嘴八舌問著：

「猾金元由昨暝出月亮時一直哭到現在，是哭那個朝代？」

「阿興你沾得滿身是血，水龍頭拔掉時，水壓眞強啊！」

「昨晚雷公大雨，風雲變色，原來是猾金元的龜頭落地。」

「阿興你已經登基做皇帝了，有現成的太監來侍候了……」

這些風涼話，大大激怒了鷄興仔，他轉身走至鷄舍，拿起濕濘的掃帚，沾些惡臭的雞糞，突然揮向圍觀的村民，且揮且罵著：「過年大清掃，掃掉這堆舊報紙……」

於一片笑罵聲逃散的村民，不約而同說出：「猸症會傳染！阿興已經猸面顯現出來了。」

雞興仔總算趕走看熱鬧的村民，但續聽金元的間歇哀叫，又餓又累的他，不禁升起無名火，氣忿地急急走回厨房，開始煮飯及煎蛋。

抽空換掉血衣時，想及昨晚驚心動魄的那刻，老天爺旨意，使他突陷黑暗中，見不著地獄般血紅紅噴泉，只覺得雙手捧滿又腥又熱的黏液！他毫無怯場，馬上以紗布止血，迅速將傷口抹上生麻油，再撒滿消炎粉，然後包紮上市，靜候命運裁奪！

金元必須熬過七天的危險期，只要傷口不受感染，就能保住性命了。雞興仔雖深信猸人九條命，但仍不敢掉以輕心，把臥房的門窗封死了，像女人產後做月子，不能受到風寒，否則油燈之火，搖曳不安，隨時熄滅！

雞興仔端碗熱騰米湯，前來探病。

金元的沙啞悲歌已近尾聲，當聞到米湯的香味，就結束哀叫改唱：「吃……吃……」

「大」字的人形，歷經昨晚的酷刑，手脚被麻繩勒出殷殷血痕，床上全是汗臭及血腥。鷄興仔先動手清理乾淨，再以米湯餵食病人。

臉色憔悴的金元，其乾癟嘴唇沾食米湯時，彷若久旱逢甘雨的乾裂大地，嘶嘶吟哦出少婦夢寐以求濕潤的高潮。

食完聊補體力的米湯後，病人突然「噗噗」輕鬆兩聲屁響！聽得鷄興仔喜出望外連連叫好：「通氣就好！通氣就好！」當他仔細觀察病人微量且不臭的排泄物時，不禁搖頭驚嘆：「運命天註定，天公疼憨人啊！」原來金元於逃亡時，幾乎靠素食維生，因而改善體質，清血袪毒，少發風火腫疾，雖動了手術，傷口會很快癒合。這是吹笛人數十年閹割畜生的臨床經驗而推論於人體之醫理。

金元領受溫情的撫慰，安心熟睡了。

鷄興仔從臥室清出一大包血污的垃圾，拿至屋外準備燒毀。地上及柴枝仍濕重水氣，放了幾把火，猛冒青煙。他閒散地掏弄火堆，乍見昨晚的生冷斷根，他突然想到小黑的死，忠實的依情，永遠陰魂不散！

鷄興仔把斷根藏在褲袋裏，騎上老鐵馬，往蔗園方向走。路上，遇見幾位難纏的刁民，他不堪其擾時，就從褲袋裏掏出布團，只要解開亮相，能馬上退敵！

鄉俗：死貓吊樹頭，死狗放水流。

鷄興仔風塵僕僕來到蔗園的水圳頭，水花花的奔流，正是小黑的流屍起點。他愼重其事拿出布團，口中唸唸有詞，將布團拋入急流中，布團迅速被水沖散，金元的斷根出現於水中，載浮載沈，往下飄流。

正好有位村民路經，老遠就大喊著：「喂……喂……水門像鬼門，有去就不回了！」但村民走近認淸是誰時，不禁笑哈哈的說：「喔……原來是阿興大俠！爲何想不開？猏金元已經去勢變查某，你可將伊睏爽作牽手哩……」

小黑似乎顯靈附身於主人，只見鷄興仔拉長狗臉，虎視眈眈厭惡對方。不知好歹的村民，意猶未盡又繼續說出：「不可自殺啊！你阿興大俠是堂堂帶槍的查埔人……」惡狗突然撲前，狂吠著咬咬咬！嚇得村民臉色發靑，落荒而逃。

鷄興仔接納了猏金元，同時改造了猏金元，從此，鄉內的認知，也改稱他爲猏阿興。

猏金元是被村民惡意隔離遺棄。

猏阿興是隨意獨斷獨行拋掉世俗壓力。

猏人的世界，簡易的黑白愛憎，沒有那糾葛的彩色心機。今後，他倆將相依爲命，再創第二春的新生活。

村長怕鬧出人命，搶先向管區報警。重點只提鷄興仔以土法閹割了狄金元，萬一手術失敗，病人將會死亡！而有關他率衆打傷病人之事，則省略隱瞞。

管區警員據報，當然例行公事去探訪一番。鷄興仔面對公權力的質問，他故意打開鷄舍，驅出鷄羣，然後在周身遍撒玉米，鷄羣搶啄爭食，同時拉得滿地鷄糞。

警員被鷄羣擋住，又怕皮鞋沾上糞臭，只好遠處喊話。鷄興仔聽足了官式問案，只說出：「生鷄蛋的沒有，都是來放鷄屎的……」

隔天，此位警員買塊新鮮的豬肝，專程走一趟，悄悄地把它吊在鷄興仔的門口，聊表心意後，就匆匆離去。

4

白天連續炎日頭，病房熱成蒸籠。

因不許病人開懷暢飲，只允點滴心頭，幾天下來的蒸榨，猶金元奄奄一息，乍看似乾癟的木乃伊！

鷄興仔終日蹙眉苦臉，適時向屋頂及牆壁潑水，以降室內熱溫。他不禁對老天嘮叨，所謂天地不仁啊！又忍不住臨時抱佛脚，王爺公媽祖婆哩……

警員的愛心豬肝，在門口掛上二天二夜，再被鷄興仔移掛在竹林內，生蛆腐敗，臭聞村內！

村民不明眞像，以訛傳訛，村內乩童玩法的說：「斷根吊樹頭，吸收日月光華，如果變精成邪，將危害地方旺氣！」於是，村民從大廟擡出神明，由乩童領軍，鑼鼓喧天，進逼竹林。

大夥村民，在林外威武叫陣，乩童進行作法，只窮繞竹林外圍。大家七嘴八舌，就是沒有人敢作急先鋒！

乩童心虛將被冠上「沒卵巴」的罵名，急中生智，提議放火燒林！大家沉寂一會，卻異口同聲贊成：「燒吧！」只要輕易點火，就能天下無難事！大家何樂不爲呢？

村民一陣忙亂後，堆好助燃的乾柴，大家拭目等待火戲開演。當乩童燃起火種時，突然從林內捽出一串臭氣沖天的玉蜀黍，村民驚駭之時，仔細一看！原來是一塊爬滿白慘慘蛆蟲的臭豬肝。

「大驚小怪哩……只是一塊由好警員送來的好豬肝……」鷄興仔大搖大擺從竹林走出，大聲嘲諷著村民。

「猜阿興，你不驚雷公打！好好豬肝爲何吊在竹林，任其生蟲發臭？」鐵青了臉的乩童，一派替天行道的嘴臉。

鷄興仔不慌不忙拾起臭豬肝，面不改色晃來晃去，嚷嚷唱出：「猜人猜叮噹，孫臏擒龐涓……」他步步逼前，神轎節節後退，鑼鼓激不起士氣，眼看兵敗如山倒，當臭彈投向人羣時，村民爭相潰散逃離。

臭豬肝橫在小路的中央，前方不遠處擱置著被遺棄的神轎，落得一身臭名的乩童，雙手握緊七星劍，全身顫抖口出咒言：「大膽的畜生，敢對神明無禮，判你下十八層地獄，萬年不超生！」

鷄興仔踢起滾滾沙塵，覆蓋了臭豬肝。

秋風充當和事佬，傳送神轎內友善的沉香，兩股極端的異味，充斥於秋陽下的田野，鷄興仔淸瘦的身影，似乎期待有個豐盛秋收，但他終究孤獨離開了。

隨後趕來的警員，厲聲質問著沮喪的乩童：「裝神弄鬼！火燒青竹林！你以為大家是三歲囝仔？以後不準再為難阿興仔。」

乩童當然不服氣，澆薄反嘲著：「你好心的豬肝，人家歹心任其發臭，猾人就要猾步數來治啊！」

警員的內心，是有些困惑，為何阿興仔不領情，且又故意出他的洋相呢？他趕緊改變話題說著：「看你眞像戰敗的大將軍，兵卒都跑光光了，轎內王爺只好自求天兵天將啊！」

乩童的臉一陣青紅，迅速從轎內抱出一尊神明，如趙子龍救幼主，一鼓作氣衝出羞憤之地。

警員重重嘆口氣，望那空有其表的神轎，他想及本身的職業尊嚴，好人眞難做，好人是寂寞的，唯有忍受寂寞，才有一顆高貴的善心，就像寶藏必隱於名山惡水。他加足馬力，機車輾過小沙堆，後輪捲起臭風，一路騎向村內。

鷄興仔回到家時，金元已經哀嚎了一陣子。

今午，金元難得被灌下一大碗鷄湯，以補養元氣。而午后天空，始終幾片烏雲聊日，大地也吹起涼風，室溫降下火氣來，所以不再汗流夾背的金元，想要斷根後的首次排尿。

鷄興仔心裏有數，趕緊洗手，再以米酒消毒，而後進入臥房裏。

金元被綁成大字的軀體，不斷地抖動躁急，似滿撈魚鮮的張網，激情著好結果。鷄興仔埋首於他的胯下，惴惴地解開層層紗布，藉那手電筒的集光，照射出那一夜快刀下血淋淋的割口，如今已癒成傷感的歷史古蹟。

當鷄興仔小心翼翼拔出堵塞住情慾關口的火柴棒時，金元痛得慘叫連連，脹鼓的小腹開始娓娓地述說點滴。而尿水承載著快感及暴痛，讓金元又愛又恨，痛得死去，樂得活來，可是失根之人猛然樂極生悲了，因爲情慾嘲笑他無法表裏一致，當慾火攻心時，他已失掉粗大的旗桿，不能再豎起威武的戰旗，在沙場上，永遠是位無能的逃兵！

金元悲涼地放膽排出大量尿水，噴得操刀之人滿臉尿騷，但鷄興仔一點也不介意，反而撫慰地解開病人手脚上的縛繩。金元只猶疑一下，本能地躍然坐起，突然抱住所倚靠的人，啊咿……啊咿……放聲哭泣。

鷄興仔活了這把年紀，從未抱過女性，更沒有被男性抱過，他抱的全是待閹割的畜生！

而此刻，鷄興仔卻被一位斷根的半男半女熱擁著，他一時理不出情感來，只感覺有股異樣的原始慾望，悄悄對他誘惑，擁著人世間花樣的肌膚之親。

冷不防，金元發膘出手，抓住鷄興仔的下體，啊咿……啊咿……詠嘆、囁嚅，這猥褻的舉動，令鷄興仔頽然地抗拒，他輕易推倒金元，卻費勁才掙脫章魚般糾纏。他且撥且走，順手推開久閉的木窗，柔光盈實地直透黑暗的世界，金元剎那眼盲呆愣，涼風趁虛入室，金元有點哆嗦畏冷，窗戶再被緊閉，斗室暗默污濁。

金元屬於黑暗的世界，這裏沒有美與醜、道德與罪惡的絕然對立，只有活下去的基本信念。金元滿足這斗室的安全感，依賴鷄興仔所提供的家居感覺，他逐漸自閉於這個新天地。

一個月後，鷄舍不再喧嘩，米缸沒米，絲瓜棚清盡存貨，一家之主精疲力竭。

而去勢之人動輒就淚漣漣聲凄凄，個性蛻變爲敏感、脆弱、嬌氣，似黃花大閨女，終日深鎖禁房裏，自憐其樂。

今早，鷄興仔騎車出門，生疏吹起竹笛，繞完鄉內各村落，是白繞了！他內心嘀咕著：「莫非是初一十五，忌閹生。」算一算日子，眞的是十五，他最近實在忙昏了頭。

近中午的菜市場，買賣最乾脆，鷄興仔專程來撿便宜，他大方花著有霉味的私房錢，一攤攤地點名採購，附近商店的人都出來指指點點。

乩童正好從大廟下班出來，也趕來湊熱鬧，且一馬當先開場白的說：「安童哥買菜，我一時有仔主意，肥豬肉肥滋滋，嗳唷瘦的紅嘰嘰……」有位村民接著唱：「肥的一斤五角二彼囉瘦的一斤六元四噢！」

鷄興仔不耐煩的搶問著：「我來買菜，也犯天條大罪嗎？什麼肥豬肉瘦的六元四……」

乩童曖昧地大聲笑著說：「猶金元被你包飼得肥滋滋，而你日夜操勞消瘦得紅嘰嘰，但是瘦的有路用，所以卡值錢！」

圍觀的村民們，先知先覺者先大笑一番，後知後覺者緊跟佯笑，而請示高見後，更誇張狂笑著無知！

鷄興仔被一波波笑聲所困惑，不禁惱羞成怒的喝咒：「笑……笑……笑得落下頦……」

乩童突然從肉攤拿下一串香腸，學李小龍耍弄三節棍，同時口技怪聲：「唷……哦……啊答……啊答……阿興仔，好加在喔，你褲底還有一條瘦的紅嘰嘰，所以有路用卡值錢。」

此時，村民已笑得人仰馬翻了。

鷄興仔悄悄拿出閹割用的小刀，冷不防揮向乩童的下部，且口出惡言：「割掉你的香腸，使你以後肥得一斤五角二……」

乩童護住下體，亡命地繞遍了菜市場，仍無法摔掉窮追不捨的阿興仔，於是轉變方向，一頭闖入大廟內，不久手握七星劍出現在大廟口。

一些受鷄興仔光顧的賣菜賣肉的攤販，紛紛出來調解說話，一場笑鬧劇草草結束，鷄興仔騎上單車，不卑不亢離去了。

昔日，竹笛聲出現，似布袋戲中行俠作義的神秘客，到處受人歡迎敬重。

自從吹笛人收留了猬金元，竹笛聲失去鎮伏的魔音，神秘客變成逗樂的甘草木偶，任人捉弄取笑！

安童哥踩著鐵馬，越踩越沉重，路經雜貨店，索性進去買了兩瓶麥仔酒，如歌行板是要吃熱天。回到家門時，他越想越窩囊：「飼大猪，可賣；養女人，能爽；收留猜人，伊也變猜仔啊！無路用。」

金元整早不見情郎來探訪，過午仍吃不到午飯，大小姐發起脾氣來，還驚天動地哩！木窗被重重推高不負責放下，一再而三，碰碰沉雷聲，泥牆的土塊紛紛落地。

安童哥去買菜，惹了一肚子火氣回來，新仇加舊恨，當然忍受不住猜金元的火上加油，於是從厨房內拿把木棍，氣呼呼地直闖閨房。

「吃飽太閒……拔虎鬚……」打！

「廟公趕乞丐……搶飯碗……」幹！

「掩咯鷄……走白蛋……尋無著……」鬧！

似坐月子的猜金元，被養得又白又胖。

忙那家計的鷄興仔，累成又黑又瘦。

在斗室裏，黑白對抗，黑者出棍，白者猛躲，不公平的遊戲規則下，室內的陳設及傢俱遭殃！

黑者強索地盤，白者死守生根，仍有明天之人是鬪不過只有今天之徒，幾十回合的纏追，黑者終究使出吹笛的法寶，以魔笛困惑白者乖乖躺在床上，任其黑棍毒打！

鷄興仔有氣無力鞭打那無氣有力的猾金元，「生鷄卵無，放鷄屎有」的嘶喊，怒責命運之神的安排，「還我清閒生活來……」之控訴，平添無限銼磨的寒凜。

金元的感官人生，肚子餓了，得馬上討飯吃，所倚靠之人不按時出現，就顯現出鬱悶不安，最純眞的自我流露，爲何引來莫名的毒打呢!?他緊緊扳住床頭，無視紛落的棍雨，只要守住這個城堡，滿足黑暗中粗糙的生活，日子就能安寧、溫飽。他不想再回到那光明的社會，因爲他永遠學不會那心機重重的文明對話。

竹床不堪劇烈的翻滾，轟然壓垮了。

鷄興仔茫然丟下木棍，滿身大汗走出臥房，來到厨房，打桶冷水從頭頸灌下，同時咬開麥仔酒的瓶蓋，一口氣解決了半瓶。

外頭秋老虎烘日，裏頭無名火煮心。

空酒瓶先後被責難摔遠，鷄興仔恍惚躺在柴堆上，灶頭上生鮮魚肉，引來綠頭蠅嗡嗡地圍攻，一波波鑽動搖擺，一針針刺痛安童哥的心。

昔日清閒過活，早晚吹竹笛，賺了二十三十元，都是豐足的一天。回到寒舍，一窩雞一條狗一間房一張床伴他安謐獨處，他無怨承受命運的詛咒：「閹割濟濟畜生的青春，註定絕子絕孫的報應。」

認命是一種對人生謙順負責的自憐情結。

自從接納了猶金元，則打散了他單薄的骨架。

猶人張口是無底洞，囫圇吞下這個敵對的世界，驚人食量已動搖雞興仔的悲憐之心，他彷若見到屋脊已經傾斜，房子搖搖欲墜，還有他已失去的狗的雞的床……

雞興仔喃喃自語：「治猶人就用猶步數。」他憤懣地跳起來，迅速燃起火把，揮向灶頭祭旗，燒焦的蠅屍紛紛落地，他慘厲獰笑出自信，大步走出廚房。

麥仔酒是吃熱天，消暑後情緒的眞空，雞興仔不計後果將火把拋入臥房裏！火啪啪叫好聲，濃煙到處趕場，雞興仔肯定嘶叫著：「趕緊出來喔……火燒紅蓮寺……野奸僧是猶金元啊……」

小小亂火逐漸結成團團大火，不久，臥房內火蛇羣舞，燥急的熱氣逼使雞興仔酒醒理智，而猶金元仍未逃出火窖，即將屋毀人亡啊！

放火者心虛跑回廚房，一舉提滿兩桶水，轉身趕往火場，拚命來回數趟，火勢未減反熾，他越跑越慌忙，水龍頭涓涓細流加上他的滿頭汗水，水池仍然見底了。

救火無望，轉而救人，但只能心戰喊話！

鷄興仔被火逼出屋外，語無倫次漫天狂喊著：「唉……唉……幹伊娘駛伊娘幹伊千萬代駛伊全庄頭……狷金元……狷金元……趕緊跑出來……跑出來啊……水火無情哩……水火不會同情金元是狷憨憨哩……」

突然，前後兩堵土牆轟然倒塌，紛落土塊壓滅了遍地火苗，烈火迅速減弱，只是煙霧嗆鼻，鷄興仔見狀，趕緊奔入厨房提來半桶水，自我安慰的潑向火場，不久一聲巨響，整個屋頂似天神下降一舉消滅了火魔。

鷄興仔兩脚發軟，瞬間暈厥跌坐在地。當他醒過來時，眼淚鼻涕暴發出自作孽不可活的悲涼。

房子半毀！

狷金元必死無疑？

救火車的水雷聲由遠而近……

5

火警後的第三天，村民已羣議出結論，由村長率領義工去協助鷄興仔重建房子。只費工二天，不但整理妥適，且洋溢刷新的喜爽，木工還特意造張堅固的大床，同時喃喃祝福著，：「床頭打，床尾和。」

鷄興仔異樣地緘默到底，從開工至完工，他拒絕村民的盛情，獨自坐於大樹下，淸冷地注視那繁忙的百工圖。

村民出錢出力，連抽閒吃碗點心，還得自掏腰包，面對鷄興仔冰冷的態度，大家也不生氣，因爲村內的安寧還得靠他的用心呢！

鷄興仔疑惑的冰心，逐漸被村民的熱誠烘暖，接近完工時，他的思維暗自排演如何致謝詞。

村長終於笑咪咪向屋主說：

「新厝新氣象，趕緊去尋回金元來團圓……」

鷄興仔乍聽之下，暖心再度冷卻，原來是有目的之好意！木工還口無遮攔地說：「暝床眞穩勢，夜夜打虎騎獅沒問題，金元正當青春好用時，嘻……嘻……」

致謝詞急轉爲逐客令，鷄興仔鐵靑了臉，打開緊閉二天的話匣，結結巴巴地說：「我……姓……林……金元……姓……陳……不是同宗兄弟……我無義務去收留伊哩！」

木工不以爲然勸說著

「哎啊，大家隆是巷子內，免歹勢，金元去勢變查某，你得惜惜用，此艷福只有古早皇帝……」

鷄興仔急急插嘴：

「幹！幹！我頂來放火燒厝，寧願住破厝度淸閒，徹底斷絕金元的糾纏。」

村長適時阻止村民的發言，率領義工們速速離去，鷄興仔不放心地大聲送行：「我……絕對……拒絕……」

一行人回到大廟內，大家議論紛紛，村長喝口茶老神在在的說：「狷金元火燒脚倉(屁股)，一時閃避在某個玉米園，鷄興仔目前正烽火頭，大家得呑忍伊，今後有人發現狷金元時，好禮帶路將伊軟軟趕往鷄興仔的厝，一遍二遍三遍，好像牽豬哥哩，生米就煮熟飯啊！」

去勢的猬金元，不再是發情的瘋狗，只是一條走失的家狗，從此被村民認定爲鷄興仔家的，以後寃有頭，債有主，在大廟內處理地方事，總是圓滿出席的人而委屈未出席的犧牲者。

鷄興仔住進新居睡在新床，戰戰兢兢自閉了二天二夜，他所擔心的黑面祖師公，則一直沒有現身，屈指一算，猬金元已經失踪七天了。

又恨又愛的矛盾情結，令鷄興仔日夜坐立不安，另股意外的揣測，動起他解惑的心念，當初猬金元何時逃離火場？是否身受燒傷？也許已死在藏匿的地方！

今天是鬼節開門，鷄興仔隨俗在門口祭拜好兄弟，於供桌前祀用的新臉盆，他特意擺上二條新毛巾，焚香禱告時，他說出心內話：

「金元啊，如果你已走在黃泉路，來……來……洗手面，這條新毛巾是你專用的，清清爽爽去重新投胎，好出世……好因緣……」

當晚，鷄興仔的直覺，竹林內魂魄幽冥，厝前厝後陰風穿壁，他一夜驚起數次，甚至見著猬金元重重壓著他，雙眼流汨鮮血，十足枉死討命的惡狀！

隔天，村裏眞的傳出竹林鬧鬼的耳語。

中午，好心的警員大膽地穿越竹林，只發現蓊鬱的蔽處，遍佈不潔的衛生紙團，那來鬼邪詭異？大概是來此約會的情侶，彼此心虛而人嚇人啊！

警員走出竹林，順道探訪鷄興仔。

吹笛人似方被閹割的公鷄，一派萎靡不振的模樣，見了好心的警員，勉強裝個笑臉應付。

「阿興仔！你住厝最靠近竹林，昨暝有什麼奇怪的動靜？」

「……動靜？竹林是村內有名的炮場，過去每逢好天暝夜，時常傳出哎哎喲喲，這不是鬼叫，是黑狗搭黑貓的爽快聲。」

「昨暝開鬼門，村內的男女暫時不敢夜出私會，聽講是殺豬東於半暝前往屠宰場時，驚見竹林內有位穿白色長袍的孤魂……」

「幹！幹！黑白講！我不要聽了……」

鷄興仔喃喃口誦心虛，恍然走離了，警員職業性的敏銳，馬上叫住嫌疑者：

「阿興，我問你，金元的屍體到底埋藏什麼所在？」

「我……我……嗚……嗚……」

「打火的彼日，我就懷疑了，一定是你殺人滅屍，故意放火燒厝以避衆人耳目！」

鷄興仔刹那被唬愣，越想急辯越是拙笨，臉色泛陣青紅，不禁放聲大哭了。

警員暗自竊喜，這下立大功，獨破重大刑案，眞是官運亨通！高興之餘欲保煮熟的鴨子，於是解下腰際的手銬，迅速拿住殺人犯，十萬火急押解上路。

早已嚇軟雙脚的鷄興仔，又哭又啼蹣跚起程，他憨直理出昔日的舊怨，文不對題解釋著：「大人寃枉啊！日前你好心送來的豬肝，彼時金元的傷口未合，禁食燒冷，所以故意吊在門外向庄民顯示警威，後來發臭生蟲，我移吊在竹林內，主要是維護竹林內清靜……」

警員邁開大步，連拖帶拉驅趕著犯人，且厲聲斥責：「豬肝是十八世紀的代誌，與你目前殺人犯無關。」

「有啊……有啊……警員先生你一定記恨我將好好豬肝任其生蟲發臭，而且投向神明大轎……」

威風當前，沮喪拉後，正義與邪惡，一路各說各話，轟轟烈烈闖入村裏，他倆緩緩通過盲目夾道的人羣，最新消息已號外傳開，來自鄉內各村落的後知後覺者，分別利用各種交通工具火速地趕來。

派出所被層層人羣圍住，現場實況以耳語接攏由內向外傳播，包括鷄興仔的褲底尿濕，從口袋搜出兇刀，屍體被埋在竹林內，殺豬東是看到猾金元的鬼魂，警員提桶肥皀水入地下室，準備取口供寫筆錄……

黃昏時，派出所的外圍，集結了喧嘩的攤販車隊，盞盞白亮的電池燈，於夜風中招搖，似中元節的燈篙，召來四面八方的大食客。

刑堂終於傳來嫌疑犯的哀叫聲，圍聽的羣衆爭相意淫，好像隔壁正忙著打老婆，鄰居大家皆細心體會也磨拳擦掌一番。

此時，村內的春嬸由小女兒陪同，從老遠處就細聲喊著：「鷄興仔無罪哩！猾金元活跳跳避在甘蔗園啊！」

春嬸母女倆顯然跑了很長的路，上氣不接下氣勉強說話，而小辣椒，方入口，馬上辣麻了每張口，羣衆頓時瞠目吐舌鴉雀無聲。

悲劇草草落幕，喜劇接踵登場。

立大功的警員龜縮爲闖大禍的人民公敵。

滿口皀味的鷄興仔搖身一變滿嘴火氣的吹笛人。

春嬸喜稱：「賢女婿？」

春嬸的小女兒滿場頻呼：「好姊夫……」

羣衆中有人驚喊：「是春嬸爲伊亡女招陰親！」

人人爭相走避，紛紛退而不休，仍然耐心等待解謎人開話匣。

春嬸一再潤聲喉，後頭的羣衆還是不滿意，民意下達迅速清場，攤販暫時偃旗息鼓，抱囝的婦女及聒噪的小孩一一識相離開，場地靜得令人窒息、尿急。

春嬸很不自在的說：

「阮長女三歲病故，如今長大託夢來討嗣，我用心計較將神主牌用素巾包起來，放在甘蔗園邊的小路上……」

有人出言安慰春嬸：「慢慢講啊。」

「噓……」羣聲應合，靜靜聽。

「我……我……苦等了三、四個時辰，正常的人不來結緣，夭壽喔！卻由甘蔗園內跑出身穿白袍的猶金元，拾起包袱又避入青芒蕉園內……」

有人馬上即興說笑：「陰間也流行同性戀喔!?」
「哈……嘻……」頓時羣衆暴笑成一團，攤販趁機又開始叫賣，春嬸腼腆封口了，她拉住鷄興仔的手，娓娓的說：「好女婿，走啦。」
灰頭灰臉的警員，困獸猶鬪的說：
「且慢，我辦案最講究證據，就憑春嬸妳一句話，我還不能放人，除非我親目睹看到猬金元。」
鷄興仔勃然大怒反駁著：
「那我殺人的證據在那裏？」
「阿興！你……你…」
「是不是灌飽雪文（肥皀）水，我就招認了？」
鷄興仔發威詰問了理虧的警員，又突然改變對象，轉問春嬸：
「我一向是羅漢脚，何時與妳厝結成姻親？」
會場再次極度安靜，謎底要揭曉了，春嬸有點猶疑不決，但是衆人殷求的眼光提昇了她的勇氣，似乎得理不饒人的說：

「金元已經是……斷根的人，那有資格做女婿？而且……村內大家公認金元是你阿興的人……所以金元撿起阮長女的神主牌，等於替你招親哩！一切……一切……圓滿……圓滿……」

羣衆交頭接語的結論，異口同聲：「合情理！」

鷄興仔則憤憤難平，脹粗脖子指著衆人斥罵：

「列位把我當作猾人耍？日時誣我是殺人犯！暝時戲我是憨女婿！我……我……幹你們大家千萬代……」

氣呼呼的鷄興仔，推倒了椅子，搖出派出所，排開人羣，很快遁入夜幕中。村民隨後三兩散離，留給立大功的警員一份厚禮——滿地待清的垃圾，而且絕對獨享，不會有義工來協助。

身心皆疲的鷄興仔，閉門睡足二天二夜，今早被異樣窸窣的聲浪吵醒，他睡眼惺忪欲探究竟。

那知，善門一開，親戚們擁擠而入，「女婿！」「姊夫！」「姑丈！」漫天冠冕的新頭銜！

鷄興仔被春嬸這羣人硬推上座，更荒謬的是猶金元也被帶來湊成雙。糊裏糊塗的新郎倌，只穿條內褲，滿臉睡容，邋遢、憔悴！酩酊大醉的扮新娘，穿件大紅洋裝，一身滑稽，窩囊、天命！不請自來的神主牌，乘坐紙糊的黑轎，儼然陰森，怵目、驚心！主控全場的春嬸，自備香燭及香爐，一聲開麥拉！趕拍人鬼結婚。鷄興仔被幾位剛認識的姻親壯丁強行按坐，春嬸從黑轎內取出亡女的靈位，開言引路地說：「阮可憐的查某囝，阿玉哩……阿玉哩……阿娘如妳託願，替妳找到好嗣屬，妳得落轎……過門……認主家……」

鷄興仔急掙扎搶發言，只惹來搗嘴及強伏，春嬸將神主牌塞在猶金元的手上，人、瘋、鬼三者草率拜堂，於高喊入洞房時，猶金元突然酒醒「啊咿」呻吟，但迅即又昏睡了，這時的春嬸涕泗熱淚，激動的哭訴鬼話：「阮阿玉有靈赫！附身金元來應話，啊咿？甲意！啊咿……甲意……眞順嘴……」

阿玉的靈位，暫被安放在神桌的僻角，春嬸臉色凝重向頑固的女婿警告著：「是阮阿玉看中你的，陰間事是無法商量拒絕啊！我按照世俗的禮數，也有陪嫁了單薄意思，以現金包紅抵用。阮阿玉正式入你的家門，請你趕緊擇吉選日將阿玉的神主合祀向你的祖靈行廟見禮。」

爲了防止惡女婿出口兇言，咒煞一切還順利的陰婚，鷄興仔難逃被灌醉的惡作劇，就像前日在派出所地下室的狼狽，只是改灌老米酒。

鷄興仔倒在竹椅上，最好這輩子不再醒過來！猾金元躺在竹椅上，醒或不醒對他都不重要。

春嬸專注了心神向阿玉靈位辭行：「阿玉啊！！爲母的已經完成妳的託願，妳得放捨對阿爸的糾纏，保佑妳的阿爸早日康健。」

木頭是不會說話的，但家運的逆順總有穿鑿附會的代言人。

紙糊的黑轎及齊全家電汽車洋房的紙藝嫁粧，在鷄興仔家的門口，火焚送往陰間，春嬸率領這班促成好事的親友，無事一身輕走回村子。

途中，春嬸見了久候的狗頭軍師，感激地表示：「全在你的妙算中！」乩童詭異乾笑幾聲，得意地走在隊伍的最前端。

身軀肥胖的春嬸，不堪一早緊張勞碌，突然心病乍痛，雙脚輕浮，跌個踉蹌，不偏不倚，壓倒了前行的瘦小乩童！

同行的親友爭相搶救，春嬸被四個大男人才勉強抱起，剛好有輛村裏的牛車經過，馬上充當救護車。而正臉朝地的乩童，被人拉起時，只見滿嘴泥沙，頭額凸個疱，鼻孔流血，也被送上牛車了！

這件意外，突顯兇兆，這班人收斂笑容，踏出沉重脚步，緘默地走了一段路，目送牛車已遠行，才有人陸續抒懷：

「回去先向春嬸討香燭金，在門口祭拜燒金後，才能入家門。」

「看到春嬸差點壓死乩童，早慢……猐金元也會窒息鷄興仔……」

「猐金元勇得像水牛，這次誘抓伊時，大鍋麵湯滲下三罐金門高粱。」

「天賜雙妻給鷄興仔，可惜……娶得一塊柴頭……一位斷頭。」

黃昏時，猐金元先醒來，他喜歡這身紅花打扮，更滿意能返回城堡。那天逃出火場後，就躲進甘蔗園，他時常回來夜探，想念這裏的豐食及人情，因已吃慣了熟食，所以再度藏身荒野時，他意志薄弱得不斷嘗試想找到文明的物質。

猐金元輕易的抱起熟睡中的主人，野性地走入原始的洞穴。

沒有紅燭囍字的洞房。

鬼裏鬼氣的新婚夜。

頭重耳鳴的新郎倌，勉強掙脫酒惑的窠臼，潛意識中眼前熱辣著腥紅的彩衣，似鬥牛士熱場式挑撥，他一直努力回想所發生的大事，但又逐漸淡忘了斷續的片斷，卻激起另股原始的情慾，使他像頭蠻牛任性地衝向色盲的彩衣！

黑暗中，新床上，紅衣母夜叉已脫下新郎倌的內褲，且孜孜不倦愛撫那男性的權杖！癢癮的銷魂喚醒雞興仔樂返人間，他很快想起今早被按坐竹椅上，被迫娶神主牌，被迫酒醉，被迫接收猬金元……而此時正被迫淫樂！

他駭出全身冷汗，驚見夢境中彩衣成眞爲一團血肉，猬金元滑稽的裝扮，在黑暗世界，可權充徐娘風情，只是出手太重，彷若欲連根拔起，他情急護根舉脚踢向母夜叉，猬金元雖馬上鬆手，冷不防卻騎在他的下半身，以渾圓的股間呑呑吐吐向他開導人之初……

動彈不得的他，仰視母夜叉的花臉，好像夜空中猙獰的臉譜風箏，他想看又不敢多看這空幻的夢魘，只想趕快結束這場遊戲，他草率地解出情慾的精華！

狷金元認同新婚夜男人的草率表現，他以黏膩的雙手熱烈鼓掌著。

鶏興仔勞瘁的感覺，他今晚才像眞正的男人，因爲昂然的權杖，只有征服子宮，才能顯示生存的意義，雖然他方才攻錯了宮殿，但那是唯有的途徑。

一夜間，狷金元變成眞正的女性，鶏興仔是眞正的大丈夫。

6

乩童受天譴，警員挨民嘲。

村長自認做完好事，村民忙那秋收。

天下暫時水波不興，靜息休養。

鶏興仔恢復往日早出晚歸的作息，狷金元在家裏學做女人事——煮飯？有燒房之慮！洗衣？等於白洗！掃地？把垃圾往屋內倒！養鶏？嗜好拔鶏毛！唯有在床上，做得很好。入冬，春孀終於守寡了！

當春嬸的家人來向鷄興仔報喪時，發現阿玉的靈位未合祀於林家祖靈！隔天，身穿喪服的春嬸大舉興師前來問罪。

春嬸由竹林邊起點，一路哭進鷄興仔的家門，破口大罵著：

「還阮老頭的命來，是你害死的……嗚……」

猶金元驚見這羣來勢兇兇的惡人，似驚弓之鳥躲到廚房裏。鷄興仔舊仇新恨攻心，火氣旺盛回嘴：

「春嬸！妳吃我眞到啊？頂回迫我認親，這回誣我認罪，妳厝死隻螞蟻，隆與我無關。」

春嬸歇斯底里哭咒著：

「死興仔…死沒良心哦……你娶阿玉的神主，收我陪嫁的現金……你收錢去開爽，爲何沒將阿玉合祀於林家，使阮阿玉繼續做孤魂……」

鷄興仔聞言後，馬上從供桌僻角移下阿玉的靈位及一封厚實紅包，逕自塞給春嬸，頂天立地的說：

「我鷄興仔，不貪財不貪生不怕死，我本來就不承認這門親事，這一切完封不動，請妳帶回。」

春嬸狂怒指天指地說：

「阮阿玉起鬼恨，先招伊阿爸去做伴哩，再過來就輪到你死興仔，你這個死沒人哭的！」

春嬸收下紅包，卻把神主牌丟還鷄興仔，兩人爭成一團，一不小心，春嬸自行跌倒，鷄興仔頓成出氣筒，飽受春嬸的親友一番追打。

鷄興仔孤立無援時，自然地向狷金元呼救，但仍被打得頭破血流，獨自承受外侮的戾氣。

惡人們砸爛沒有生命的傢俱，打傷有生命的人家，意猶未盡呼嘯離去。

阿玉的靈位，似嫁出的女兒，仍被母親遺棄置在大家，冷冷的陰文，彷彿泛出青光，令人不寒而慄。

一家之主擦乾眼淚抹除血污，歪歪站起，斜斜走路，他發現阿玉蹲在供桌上，忍不住多看幾眼，因爲他一直忽視這塊噩運的木頭。

鷄興仔上前一把拉下阿玉，毫不留情地拖出房外，又至廚房拿來柴刀，就地劈塊正法，再以烈火焚毀。

北風多事，揚起灰燼，陰魂不散，窮繞著鷄興仔的周遭！不信邪的他，拉開褲襠欲解尿滅火，但善念急轉，凡事有分寸。

猶金元悄悄蹲在門口，不識趣地欣賞生氣之人所作所爲。鷄興仔雖忍住尿意，但憋不住被遺棄的悲憤，突然揮刀改劈見死不救的歹友。

猶金元不相信情人會看刀，還是呆愣不動，肩膀挨上結實一刀，他按住傷口，驚起狂奔！

不遠處傳來「刀下留人」充滿回憶的女聲，鷄興仔見色留步，只見有位清瘦婦女吃力的慢慢走近。

當他看到婦女枯黃的病容，很難想像方才脆耳的呼聲是來自乾癟的嘴唇！

當他聽了婦女的自我介紹，迅以懷舊的眼光仔細搜尋那曾熱烘烘軟綿綿的布袋奶！

客人被請入房，卻找不到一張完整的椅子請坐，鷄興仔很不好意思的說：

「眞歹勢，歹所在，欠招待。」

婦人更不好意思的回話：

「眞歹勢，阮小叔，欠修理。」

兩人爭相謙虛，相互賠罪，這個世界突然美好和平！

婦人有點體力不支，還是席地坐下，鷄興仔趕緊端碗開水，君子之交淡如水勸婦人喝下調息。

碗突然被摔破了，婦人按腹倒地開始呻吟，鷄興仔驚慌失措到處找萬金油，而婦人細長的手臂，冷不防拉住鷄興仔的衣角，彷若阿玉的鬼魂向他索命來，他懼怖地解釋著：「我……我……我只是劈掉一塊柴頭……我……只是用刀背打痛猶金元……」

婦人放棄拉扯對方的衣角，改拉對方的同情心，自行掀起大鬆裙，火紅的四角內褲令鷄興仔的眼睛明亮，婦人的肚臍上方，一條殷紅的嵌皮拉鍊！婦人啜泣地說：

「大小腸打結，命救活了，但散盡在都市辛苦的基礎，回想得失，心痛打死結……」

生元嫂絛理陳述，離開故鄉前往大都會討生活，衰運一路跟到底，這場大病，使她花光所有積蓄，把一對兒女暫時寄託友人，獨自返鄉療養。

故居已經破敗不堪，她又病後虛弱，實在進退兩難，鄰居好心相報，金元有了安定歸宿，是否她也能沾光借住養病，婦人說到此，話題加重：「我身上還有單薄的錢，不是來白吃白住的……」

冬藏，村民有閒。

水波漣漪，生浪。

最近，鷄興仔的家門，時有村民藉故經過，總是見到一家之主忙著養鷄，猜金元似家犬早晚看門，而未見到傳說中的眞正女人。

新床留給客人用，主人在大廳打地鋪。

生元嫂深信睡眠能補身，常睡是份福氣，所以日夜補眠，起初尙擔心性急的小叔，而了解實況後，睡得安心。

慈善家一不做二不休，把精神全奉獻出，入冬的閹割營生，當然淸淡，他專注養鷄維持生計。今生今世，他平凡過日子，只求淸閒，但是越來越不平凡，無法拒絕偉大的形成。

猜金元則亂了生活的指標，大嫂來得很陌生、很唐突。記憶中，彼時他常舉根猛追著大嫂，他是個男人。新婚夜，吹笛人失身給他後，至今他已是個女人。自從大嫂侵佔了新床後，夜晚裏，吹笛人不再與他玩成人遊戲，他失戀了！

這位不男不女夾在一男一女之間，微妙三角關係，每個人深沉一股慾火。生元嫂初作客，拘謹規矩了幾天，似乎熟習居家後，不客氣地原形畢露。在廚房洗澡時，恣肆春光外洩，時常單薄睡衣內空無貼身，而清瘦的肉體仍有看頭。且動輒向鷄興仔要菸抽，有天，猜金元動機不明潛入她的房間，還遭她粗話款待追打逐出。粗話：「幹伊娘××！」正當的女人是說不出來的，鷄興仔乍聽之下，非常迷惑。

這晚，夜深，猜金元終於按不住情慾，伸手猛抓熟睡中鷄興仔的命根！外頭北風寒冽，室內火熱扭打，鷄興仔光著屁股且戰且退，只好退下臥房裏，生元嫂已聞聲起床。當猜金元尾隨闖入時，生元嫂舉起木棒迎頭悶擊……

猜人被打昏，手腳被綑綁，大廳一片狼藉，無法安眠，鷄興仔渾然光著下身，不知何去何從？

生元嫂拿條毛毯，體貼地圍住不雅的暴露，曖昧地說：「子孫袋如感得風邪，一生就烏有了！」

鷄興仔猛覺失態了，急想走出臥房，可是生元嫂抓住他的手，似拉重沈淪的魚網，慢慢拉到船邊，一股作氣歡樂滿船。

陳年粗食的新郎倌，終於嘗到道地的女人味，果然名不虛傳，好吃！

躺在大廳冷地的猶金元，已醒來吵人。

躺在臥室熱被中的男女，各有心思。

隔天，三個人又恢復原樣，忘掉昨晚所發生的愉快或不愉快的事。

鷄興仔頂著寒風，騎了很長的一段路，來到鄉內的一家西葯局。穿白衣的老闆看了葯單，深沉地望他一眼，結帳時，他發覺所帶的錢，只能買四粒，鷄興仔搖頭吐舌的說：

「貴得像美國仙丹哩！」

老闆信口回答：

「是特效藥，內行人才會買的……」

鷄興仔好奇問著：

「這是治什麼病啊？」

老闆不禁笑哈哈的說：

「當然是專治風流暗羞病。」

鷄興仔紅著臉離去，回程的路上，他想不透生元嫂爲何要服用此葯呢？

接著不尋常的三天。
猜金元捨棄日常的便服，穿上新婚夜那件紅色洋裝，而且時時刻刻尾隨著鷄興仔。
生元嫂早晚問鷄興仔同樣的生理話題，三天問六次。
第四天一早，鷄興仔解尿時，感到燒灼疼刺，他才恍然大悟，急著找到生元嫂，緊張問著：
「生元嫂！妳到底惹得什麼都市病啊？我……我……放尿出問題了。」
生元嫂拿出一粒膠囊，從容不迫的說：
「這粒特效藥趕緊服下，再觀察……」
鷄興仔突感自己生命被對方所威脅，本能地反擊出：
「我好意收留妳，不求妳用什麼報答，但是，我要清楚明白……不然……妳得馬上搬出……」
生元嫂低下頭，沉思一下，慢慢擡起頭細細說出：
「眞對不住，我在大都市討生活，是靠賣身……我惹得梅毒哩……嗚……嗚……眞對不住……」

鷄興仔原本接手拿著葯丸，乍聽是梅毒！恐懼地丟掉救命丹，雙手不斷捽動，好像爬滿了毒蟲臭蛆。

傷及自尊的生元嫂，卻破涕爲笑，自我安慰的說：

「看在一夜夫妻百世恩的情份，允我繼續住下去，梅毒像感冒，吃葯多休息，會復元的。」

這個家變成癌症病房，不再開伙，了無生氣。

鷄興仔一口氣買回二十粒美國仙丹，每隔三小時吃一粒，每隔半小時脫褲省視下體，如此折騰自己，冷落別人。

二天之內，三個人互不理睬，各自維生，鷄興仔只吃葯，猜金元啃生地瓜，生元嫂自行生火煮飯。

猛下特效葯，控制了梅毒，卻傷害腸胃，鷄興仔又勞又累又驚又怕，終於崩潰，病得很重。

生元嫂只能有氣無力做家事，光是抓鷄殺鷄熬鷄湯，就費勁一整天。當她端碗熱香鷄湯時，飢腸轆轆的內心吶喊，總想偷偷喝上一小口！但是命旦垂危的主人更需要補元，她告誡自己要斷念嗜慾。因爲……那晚喜見鷄興仔的命根被金元暖烘壯大，職業性的反應令她振作起來，感恩的心情使她愛憐獻身，直到造成錯誤後，她深陷於無限悔恨中。

躺在床上的鷄興仔，虛弱得睜不開眼睛。

猗金元守在床邊，一直睜大眼睛。

生元嫂徐徐走進臥房，先放下鷄湯，而後輕易趕走了猗金元，但是猗人會固執站在門外。

「阿興……阿興……起來喝鷄湯……」生元嫂娓娓喚回主人的魂魄，當她動手觸及病體時，鷄興仔全身顫抖不已，她更爲心疼緊緊擁著，口誦媽媽經：「畏寒哩……我惜惜……惜惜……」那知鷄興仔反而使力掙扎，氣虛說出遺言：「妳……妳……不要過來……我……我……驚……妳……」

被大都會男人所唾棄的她，拖著一身病毒返鄉，本來想留在故居靜待死亡，但聽鷄興仔解救小叔且結成夫妻行的奇蹟後，激起她求生的意志。

鷄興仔無怨無尤接納她入門，而男女間的友誼是走在肉慾的懸崖上，有點差錯就萬劫不復。她殘花敗柳的身軀，所積極療傷的良方，並非男人的濫情，而是純純如水的君子之情。

生元嫂是眞心敬愛著這位男的朋友，她語無倫次推銷自己：「梅毒像感冒，吃葯多休息，感冒像梅毒，是嘴對嘴才傳染，不對，不對，梅毒是疼心病，保證，保證，我只是染梅毒，我只是疼你入心呀！」

生元嫂突然褪下病人的內褲，生動地舉起病根，她鄭重宣言：「表示我健康的賠罪，我來擦淨梅毒的細菌！」語畢，馬上動手。

已呈彌留的吹笛人，他一生勞碌，卻將死於快樂，而人生終極的最高享受—做鬼也風流！生元嫂此刻正努力促他樂返西天。

在門外站崗的猶金元，一直不喜歡這位消瘦的陌生大嫂，他是肯定以前那位豐滿的親切大嫂。近來，愛人不再理會他了，「男人嘛！喜新厭舊啊！」都是陌生大嫂搶走他的新床他的愛人他的遊戲，當他探頭向內監視時，陌生大嫂還要搶走最後這塊肥肉！他氣憤不已，模仿愛人生氣的方式，就跑到廚房拿出柴刀潛行偷擊！

猶金元舉錯刀向，猛然地對陌生大嫂的背頸砍下！

隔天，鷄興仔家的門口，坐著一位紅臉紅手紅衣的人，整整呆坐一天。

第三天，不見人跡。
第四天……
第五天……
第六天，臭聞千里！

7

背著二條人命的兇手，一直躲在西村的甘蔗園。
以前圍捕可逗樂的猜人，村民都興致勃勃。
目前圍捉兇殘的殺人犯，村民卻說是警察的代誌！
面對十甲地連綿的蔗園，十幾位出勤的警員異口同聲，請總局再增派人手。
西村已經戒嚴了數天，嚴重影響村民的家居及生計。
這晚，西村村民在村長家密商，如果放火燒蔗園，猜金元勢必逃往東村的玉米田，這樣，西村就解嚴了。衆議放火的時間—明晨七點，全村保密防諜。

深夜，東村得到火燒蔗園的情報，全村代表在村長家急商，衆議砍刣的時間，明晨六點，全村宵禁。

隔天，東村砍刣玉米桿，而西村火燒甘蔗園，兩村的農作物損失慘重。勞碌了整天，仍未見兇手的行踪或屍體，兩村村民首次合作，集體圍住鄉內的警察分局。

圍捕的會議，又連開二天，得到僥倖的預論，兇手一定被燒死在蔗園裏，動員兩村村民及所有的家犬前往搜尋。

行動未開始，卻有村民來報，鷄興仔家附近的竹林內飄出惡臭！

猲金元十足的吊死鬼，紅衣紫臉長舌頭凸眼睛，看過他的死相的村民們，夜裏都不敢獨自上厠所。

兩村相繼兇死三條人命，地方的陰煞怨懟，夜裏時常「吹狗雷！」天光時，鷄也不司啼。

春嬸逢人便說：「是阮阿玉的鬼恨，來個一網打盡！」

乩童逢人遊說：「拜請緝鬼元帥來，村內才能安靜。」

村長家突然得豬瘟，這下村內的民情翻滾了！

這天夜裏，西村家家門前貼平安符，村民大大小小口含樹葉。遊行的隊伍燃起熊熊火把，北管樂的嗩吶，吹破沉重的夜空，康康大鑼聲，穿透層層的夜障，熟練的老藝師，祭起「鍾馗掃路」的儀式。

懸絲的鍾馗傀儡，生動地跳祭除煞，道士唸咒急令：

「打入生路去轉世投胎他鄉外里

打入酆都地獄萬年不超生」

利誘及威脅，雙管齊下，收靖新舊孤魂，驅除四方野鬼。

「嗶嗶嗶」，春嬸家的豬舍傳出竹笛聲，天亮後，發現做種用的大豬公其偌大的卵巴被不明物整個咬翻了！

日後。

鄉內發生有趣的性事。

米商耀桑變成斷根人！

操刀之人正是會計的玉葉小姐。

乩童逢人就說：
「鷄輿仔陰魂不散！」

媽媽的手

白衣天使的媽媽桑，
一針一針享受華陀再世的撒旦施打麻醉劑，
在女兒面前表演脫衣與叫床……

1

小眞背著書包，左手拿塊吃了一半的麵包，坐在開刀房外休息室的椅子上睡著，時間是下午七點。

她胖嘟嘟的小臉，被暖氣吹出熱汗，上學的疲倦再也不堪苦等媽媽的下班。

終於從開刀房推出病人後，一位身著深綠手術服的護士跑出來，望了小眞一眼，又急奔進去；一會兒，她換好洋裝走出，顧不了同事的招呼，似乎已是她的習慣，也是她的負擔。

小眞被喚醒時，無奈叫聲媽媽，大手牽小手，出了醫院，總在巷角的自助餐吃頓晚飯，然後再走上幾分鐘的路，回到家。

家只是一幢冷冰冰的公寓，有了人跡，按上開關，燈亮了，電視聒噪，才有生氣。家不一定是溫暖，時常冷得難受，小眞做功課，最後總趴在桌上夢周公，做母親的又憐又疼抱她上床，不忍心再叫醒她了。

自從家的改變，安娜總認爲自己是一切的失敗者，婚姻失敗，工作失敗，爲人母失敗。小眞睡熟後，她草草料理家事，心盼又心驚那具來自外頭生息的電話響了，會誘惑她的生命火花，刹那、燦爛，旦旦、燒灼！

母女相依的日子，安娜時常被無助的孤寂、無助的自立，緊逼得不知所措。過去有男人相隨，雖然爭吵不休，也是一種又愛又恨的幸福。

電話總是在她意志最薄弱時響起：

「喂……請問找……」

「我可以過來嗎？」

「不要，我今天很累，站了一天……」

「……我有藥……」

「………」

「怎麼樣？解一下癮……」

「好吧，你馬上來，早點走。」

等一下，撒旦會來訪診，以他接受過專業訓練，冷酷地似乎站在手術臺旁，向病人需要治療的部位劃上深深的一刀。

安娜按照慣例，迅速換上白色護士服，把打散長髮挽個髻，標準上班的裝扮，等待醫生的審視。

「郵差總按兩次鈴」的電影情節，陰沉的他，瘦小身子鬼祟閃入屋裏，像一條猥褻的狗，見了主人，亢奮撲前，不斷嗅舔，忙著纏人。

安娜且避且走，引他入臥室，細聲的說：

「不要這樣……太急色了……」

他卻口乾舌燥的蠻野：

「快呀！來呀！」

已有職業病的妓女，冷靜地先談代價：

「帶來幾瓶？」

雙眼冒出艷烈慾火的嫖客，仍不忘殺價，小氣的說：

「依病情，只給兩瓶。」

安娜慢慢解開護士服的整排鈕扣，呈現出白色的胸罩、白色的內褲，若隱若現挑逗的說：

「我要四瓶，MC（註：月經）快來了！」

此刻，他迅速打開皮包，拿出針筒，熟練地上藥，不理喋喋不休的病人：

「撒旦，我告訴你，一定要四瓶，否則今晚我不叫……」

他的嘴角浮出冷笑，信心十足托起安娜的手臂，開始施針，把白色的藥水慢慢推入體內，曖昧的說：

「乖乖……寶貝……等一下會很舒服的……」

不久，安娜靜躺床上，沉醉於詭奇幻夢，天使吹彈仙樂，她乘坐銀馬車奔離原罪的地球，遨遊於滿天星斗的太虛。可是她的肉體正遭受撒旦的凌辱，好像妓女，喪失官能快感，只存心靈的自慰。

每次，她告誡自己，不再輕易地被男人愚耍，但是她都失敗了，一再接受撒旦的勒贖，耽溺於藥癮的解脫。昔日她寬容先生在外胡來，後來那位女人居然喧賓奪主說是無法接受與她共有丈夫！她付出十年婚姻生活，只得到一間租用的房子及尚讀小學三年級的女兒。

她忿恨天下寡情自私的男人，但正在她疲倦之肉體上恣淫的撒旦，恰是流行的風格，一位卑鄙婚外情的小人。撒旦姓林，外科醫師，出身普通家庭，苦讀成功，娶得妻財，如今名利雙收。而長期遭受嬌妻的指喚，潛隱的卑微心病，伺機想尋回失落的自尊，他以痲醉禁藥爲餌，在安娜身上顯耀著他於醫院時的白色權威。

「叫呀！痛快地叫！大聲叫啊！」

安娜的耳際，傳來山谷間撒旦的吶喊，迴響聲浪，一波波，由遠而近，由細而粗。幾個月來，她要首次的反抗，拯救自己的墮落，雖然身不由己，她仍從心底憎惡：

「小氣鬼……只有二瓶……今晚我絕不叫……」

她終把會激起撒旦興奮高潮的愛語呻吟，全數呑肚，以強烈胃酸中和，消化散盡。

突然她驚覺睜開過去一直羞閉的雙眼，見那滿頭大汗的撒旦，極力固定她亂舞手臂，急要再補上一針！這使她馬上想到女兒，她不能死，不能興奮過度的死，不能不名譽的死，不能丟下小眞獨自的死……她終於大叫出聲：

「林醫師……停手……藥劑超量……」

撒旦像發情瘋狗，貪婪情慾的發洩，失去他平時在急診室處理危殆病人的冷靜理智，仍不停手且說：

「爽個痛快，要妳哀叫連連。」

安娜奮力反抗，彷若被割頸的鷄，仍振翼拔腿，想逃離刀俎、沸鼎滾湯。

而後，她見著撒旦按住下腹倒地，天花板自轉反轉快轉，她被棄置於太空墳場，只有空白回憶，昏睡的旅程。

2

安娜醒來，只想喝下一大杯的水，窗外已肚白，曦光使她煩躁不安。

通常，撒旦達到目的後，依約付清代價，逕自離去，留下尚在空茫的安娜。而藥癮消退，已是午夜，安娜終將清醒，懶懨地清理現場，再入睡天亮。

但是今晨，安娜發現裸身蓋著棉被，護士服被褶好置於枕邊，化粧臺上有一瓶蠱毒，臥室條理如昔，莫非昨晚是積鬱下幻覺，沒有扭曲爭鬧！安娜是迷霧了，因爲撒旦從未溫柔體貼過。

早餐至上學途中，她發覺早熟的女兒，表情似今天陰雨，過馬路時，甚至摔掉媽媽的牽手。安娜的心有點七上八下，就像當年已變心的先生，醞釀著機會將對她說：「最難聽最不想聽的話。」到了校門，小眞不像衆多小朋友快樂地向家長再見，而是一字字向她訓話：

「媽媽，我不喜歡醫生叔叔來我們的家，昨天晚上，我被你們吵醒，看見醫生叔叔在欺侮媽媽，我用削尖的鉛筆刺了他的屁股，再見。」

小眞的話說完，悒悒跑入校內，很快被同樣書包同樣制服的人海所淹沒。安娜是愣住了，蒼白臉孔刹那紅得發紫，想到昨晚的醜態，正如西貢暗街的家庭娼妓，只放下蚊帳隔開嗷嗷待哺的幼兒，就與美軍現場交易幹活。

安娜呆立校門旁，羞得無地自容，面對黌宮，承受嚴肅氣氛，令她有股衝動想避進隔鄰的教堂，向基督剖白懺悔。

在醫院，她打起精神上班，看了今天的屠宰表，第二節才有撒旦的刀。她渾沌、焦慮，急想了解昨晚事情的眞相，最懼怕的，如果小眞發現穿上白色護士服的媽媽，於惡夜蛻變爲蕩婦，安娜將全面崩潰！

醫院大，時間長翅膀，安娜忙過一陣，方喘息，就看到著手術裝的撒旦，像隻樹蛙，一身深綠，只露出黑白的雙眼。可笑的，那唯一暴露，卻顯現左眼角的青腫，安娜的心更加沉重。

小刀只花一個小時，就結束，撒旦急急離開手術室，臨走時，他陰毒眼光掃向安娜的背影，當安娜轉身而來，他馬上改祭乞憐的狡獪，雙方有了默契。

中午，於醫院附近的咖啡店，撒旦捲起衣袖，露出一排齒痕，他說：

「是你的吻！」

他又以手掌誇張拍著臀部，再說：

「三處鉛筆戳傷，是妳的女兒傑作！」

他最後摸撫眼角，生氣的說：

「是貴府門檻撞的。」撒旦的表情很滑稽，安娜卻笑不出來，她喝完咖啡，再喝掉冰水，又想喝些什麼，實在她有苦難言：

「昨晚到底發生什麼事？」

「哼……哼……妳該叫不叫，不該叫卻大叫，驚醒睡在書房的妳的寶貝，她從背後偷襲我，很兇悍的！我急著離開時，撞上妳家的門，在路上，又撞了前車，昨晚太倒霉……」

「是很抱歉，但你也太自私，不怕超量使我休克？」

「我是醫生，曉得藥理，還用妳教嗎！」

「這種不正常的約會，我想停止……」

安娜認眞的想，她失掉丈夫，失掉自尊，失掉健康，但不能失掉女兒的心。

「妳有毅力嗎？嘿……嘿……妳不能再去偷藥，會丟掉工作的，我們可以去賓館呀。」

「我白天是醫院的，晚上是女兒的……」

「那妳的意思是到此爲止，斷得乾淨俐落！」

「我做事一向如此。」

「難怪，番就是番。」

「什麼意思？」

「山地人就是不講理！」

「與你們講理的平地人講理，只有吃虧！因爲不講理的山地人是講不出什麼大道理來！」

安娜是泰雅族人，健美亮麗的外表，沒有帶給她幸福的歸宿：與無學無術卻能言善道的前夫認識後，不久，她就奉兒女之命結婚。

男方是南部的世家，精悍的婆婆不容許有個番婆媳婦，安娜得不到名份地位，但她始終以南丁格爾的精神疼愛這不成熟的小丈夫。

女兒的出世，帶給她只是更重的生活壓力，前夫從未吃過苦，在處處花錢的大臺北，有很長時日，安娜白天在手術室從事痲醉護理，晚上又在醫院兼差特別護士，前夫則在家看孩子，愛情熱度不堪現實生活的直潑冷水。逐漸，不安於室的前夫開始憎恨他倆的愛情結晶，認眞相信母親當初的勸言：

「番婆是利用肚裏的囝仔來纏死你，一定要去拿掉，否則你這輩子翻不了身啊！」

隨著小眞的長大，小丈夫也在成長，他嚐足婚姻責任的苦頭後，紈袴本性使他逃回南部富有的家，母親還說是兒子歷刼歸來！

安娜堅強地接受與平地人通婚的殘酷結局，離婚後，家靜得令她頹喪，老兵憑弔古戰場，總歸觸景傷情。即使婚姻末期的大吵大鬧，也是生活特有的主題，如今，女兒入睡後，她孤寂得只能對自己生氣。

安娜是開刀房資深護士，最懂痲醉藥能使病人忘掉皮肉之痛，也能帶給常人精神感官的海市蜃樓。爲了衝破長夜煎熬，她終於偷嘗禁藥，將昔日黑白噩夢彩繪成繽紛的憧憬。

醫院的管制藥，因而經常短少，天兵天將佈下地網欲捉偷採仙菓的賊。是林醫師立首功，捉住現行犯的安娜，但起惻隱之心放她一馬，而當晚卻後悔，隔天，彼此談妥交易，撒旦開始附身於她。

「喂……喂……藥癮發作了？看妳魂不守舍！」

撒旦這番嘲諷，則是暮鼓晨鐘。安娜身心已嚴重衰敗，她必須馬上戒毒，否則會像居住高山的嗜酒老爸，半夜摸黑下山買酒，摔死於山崖的悲慘下場。

她能從山區脫穎而出，保送護專，又擁有好職業，這一切值得珍惜，她信絕的說：

「林醫師你做件好事，幫我斷藥。」

撒旦有點心猿意馬，頻頻看錶，安娜心中有數，再說：

「對不起啦，躭擱你回家午休，我先走了，你請客啊！」

3

二夜的平靜。

到了第三夜，安娜盼望那電話聲響起。

電話眞的響了，來電卻是小眞的級任老師！安娜倦怠地聽足半個小時有關小眞功課退步及個性自閉的忠告後，整個晚上，電話沉寂了。

第四夜，她盜汗、心悸、躺在床上，抱緊枕頭，縮成一團，暗泣、呻吟。此刻，她需要男人，更需要撒旦的蠱毒，那冷血僞善的林醫師正以逸待勞等她喪失志氣。僅存的一瓶藥，先打完再說！這是毒癮者的座右銘。

這個星期內，護理長異樣的每天盤點麻醉管制藥，撒旦更是有意閃避與安娜碰面。夜裏藥癮煎熬，似瘧疾忽冷忽熱，使安娜生不如死。

這天的午夜，她發燒、夢囈，昏眩中搖晃著女兒堅毅的小臉，使安娜有所懸念而強醒來，只見小眞手拿濕毛巾，像個小護士細心照顧她，輕聲的說：

「媽媽妳生病了……」

安娜掙扎坐起，顫抖地抱緊女兒，是她的血統，她的純情，她的美麗，她的自瀆，把她帶入痛苦的深淵。

「小眞，妳很乖，媽媽不要緊。」

母女惺惜相擁入眠，好久沒有這樣了，安娜心懷歉疚，親情戰勝藥癮。

隔天，她緩緩甦醒，乍看已是早上十點，駭得她方寸大亂，只見床頭有張圖畫紙，工整寫著：

「媽媽妳很累，我自己去上學，小眞敬上。」

安娜終於全面崩潰，熱淚洗淨一夜的眼垢，歇斯底理放聲大哭。

這時，電話響了，許久……許久……她才抽噎去接：

「……嗚……喂……」

「安娜！妳又怎樣了？爲何不來上班？」

「喔……對不起，護理長……我生病了，請一天假啊。」

「是不是又發生什麼事，家和萬事興，希望妳不要影響工作。」

「是……是……護理長……」

現實生活中，保有一份好工作，必須戰戰兢兢，稍微疏忽，就有所反擊。在手術臺旁，安娜總是全神貫注，整天綳緊神經。到了下班，好不容易鬆懈，又得惦念接小眞回家。在冷酷的家，她害怕長夜漫漫，這種日子，安娜是爲女兒而苟延生命。

小眞出生至牙語，尙有父愛的參養，但逐漸認識這大千世界時，「甜蜜的家庭」只是幼稚園教唱的兒歌，她所體會的是大人的煩惱眞多。爸爸不再回家後，她學會獨立，到醫院等媽媽下班，自己寫功課，自己看電視，自己睡一個房間。現在媽媽又病得需要她的照顧。

今天請假，全勤獎金泡湯，安娜是心疼，因爲日子過得拮据。通常於星期假日，她則藉機清洗衣物及打掃房間，結果讓小眞更感無聊。而最新生活重點，私慾於取藥、耽溺，麻醉自己。婚變傷心，藥癮傷身，鏡中的她，那像昔日外號的湯蘭花!?

她要振作起來，下午去接小眞放學，然後去吃麥當勞，去看……去盡母愛的責任。

中午，門鈴意外響起。

也許是收水電費的，安娜隨意開門，來者卻是撒旦，她驚訝地回絕：

「不行！你來幹嗎？」

「聽說妳病了，我來看妳。」

「……」

「讓我進去吧，我是誠意的。」

「……好吧……但要馬上離開……」

破天荒的，小氣鬼提籃水果也買鮮花，進門後，溫溫柔柔的暗示：

「是斷藥的後遺症。」

話說完，他拉住安娜的手，用力攬腰一抱，安娜想反抗，卻虛弱得使不出勁，他倆跌坐在沙發上。

「嘿……我說……妳何必折磨自己？我帶了藥來。」

初懷感恩的安娜，聞悉撒旦的心術，又憎惡他是提刀探病牛，不懷好意！她掙脫地站起來，憤憤的說：

「如果你關心我，就不要再以藥物誘我，這樣下去，我的身體會毀了。」

撒旦深坐沙發裏，仰視這已盛開但逐漸枯萎的女體，咄咄逼人的神態，就像家中時常指喚他的老婆。本來，他也有一顆溫心，他也知道，是在慢性謀殺安娜！但是他的成功奮鬪過程，使他認定人生的準則：「凡事講求對等利益！」正如其貌不揚的他，能娶到如花似玉的富妻，是因爲他是醫生。而他能得到安娜的自投懷抱，是因爲他有藥……所以他生氣的說：

「是誰引誘誰？買賣不成，人情還在啊！我不拿藥給妳，妳還是去偷呀！妳被抓到，會丟掉工作，甚至吃上官司，我替妳承當風險，好人眞難做呀！」

安娜這輩子，彷彿與男人親蜜後，就準備隨時吵架！她絕非吵架能手，卻是惹事生非的高手。

每次爭論，她是有一大堆話要說，但嗡嗡塞滿耳朵，什麼話也沒說；因爲她的生長背景，故鄉族人以歌唱來表達喜怒哀樂。她方到平地求學，滿口番腔國語，到處引人側目及惋惜，在平地是不能隨便高歌，所以沉默是她的自衛。

撒旦眼看沒戲可唱，仍用心地留下兩瓶藥，一眼也不看安娜，逕自開門，掉頭離去。

桌上兩瓶藥，散出誘惑魔力。
原本，安娜想利用下午去剪髮美容，然後去接女兒。
現在，她的心思紛亂，下午有充裕時間，可以解癮。
午后二點，她像沙漠口渴旅者，望見有毒的泉水，猛吞口水之時，不斷堅定即將潰敗的意志。
二點十分，她終於說服自己的理智，拿出針筒，準備取藥，開始抽汲。
二點十一分，電話響得令她心浮氣躁，還是接聽：
「喂……喂……我是小眞啦，媽媽妳好點沒有？」
「媽媽很好……很好……」
「打上課鈴了，再見……」
「再……見……」
安娜噙淚放下聽筒，一口氣把針筒丟入垃圾桶。

4

半個月來，母女同床，奇蹟的安祥夜眠。

這天，下班遲了一個小時，安娜匆匆換好衣服，快快走至長廊，只見前夫與女兒並坐，親親熱熱吃著甜筒。

她本能地跑過去，一把拉回小貞，掉頭就走。場面尷尬，男人在後緊跟，女人拖著小孩猛走。

走出醫院，小貞天真的說：

「爸爸說要請我們吃牛排。」

「小貞乖，我們自己去吃就好，不要跟他……」

「不行呀！我已經答應爸爸了。」

小貞拉緊媽媽的手，就地緊急煞住，好讓爸爸趕上來。安娜面無表情向氣喘如牛的前夫說：

「請你不要再來擾亂我的生活，日子好不容易平靜了。」

那南部世家子弟慣以鼻音說話的尖酸，雖隔了許久，乍聽仍刺耳：

「哼！妳的平靜生活？都把同事引誘回家，還裝得像聖女貞德？」

安娜不禁動怒的反駁：

「我的私生活，你管不著！少搬弄是非，有證據嗎？」

對方醋火大興，憤憤的說：

「是小眞說的，還說她用鉛筆刺傷了光著屁股的醫生叔叔，眞是下賤！無恥！」

面紅耳赤的安娜，百感交集望了女兒一眼：小眞認爲不能說謊啊！只是渾然不知已出賣了媽媽。

大手捏痛了小手，小眞想掙扎，媽媽卻拉得更緊，手握的甜筒也被搶走丟掉了。

母女急急再上路，背後傳來生氣卻無奈的嚷嚷：

「我要向法院申訴女兒的撫養權……」

進門後，小眞知道事情不對了。

她打開電視，媽媽馬上叫她關掉：她回到自己房間，媽媽也不像往常會進來幫她換衣服及準備洗澡呢!?她隱約聽到厨房有所動靜，聞到蛋包及速食麵的香味，肚子正咕嚕餓極了，她想到爸爸的牛排，還有要去買洋娃娃……爲何媽媽不去呢……人人能隨便生氣，小孩也要發脾氣啊。

在餐桌旁，小眞噘嘴，兩眼平視，絕食抗議的樣子。

「怎樣了？快吃啊！」

「爸爸說好要請客的。」

「不要說妳爸爸，快吃。」

「我不吃，就不吃。」

「妳……媽還沒有生妳的氣……爲何向爸爸亂說話？」

「我……是爸爸問我的，老師說小朋友要誠實。」

似乎長期的母愛，卻抵不住前夫即興的一客牛排，安娜頓然不知所措，喪失信心去面對未來的日子。

「趕快吃，吃完再去洗澡、寫功課。」

「爸爸爲什麼不回家呢？」

「小孩子不懂，不要問那麼多。」

安娜不敢再面對小眞，也就離座，去找家務做。

小眞則回想下午爸爸到學校找她，高興地一起到醫院等媽媽。當她得意說出如何刺傷醫生叔叔，只見爸爸的臉，爆脹青筋，就像以前與媽媽吵架的表情。爲何大人老是不乖？偏偏要求小孩子乖？

安娜偷偷探視女兒，仍然罷吃的模樣，這個孩子，早有大人的心事，再也經不起母愛的變質。她走過來，哀求口氣：

「小眞，妳最聽媽媽的話，拜託妳把麵及蛋包吃完。」

小眞的肚子，不堪媽媽的勸說，是餓慘了！但仍彆扭只吃蛋，留下麵。

當晚，小眞賭氣獨睡自己的房間。

安娜躺在床上，沒有丈夫、女兒，熬至半夜，更意發欲求藥癮，方能解脫她幾乎破散的人生。

與女兒冷戰後，她的情緒又陷於低潮。最近於上班時，總有一股末吃飽的饑餓感，尤其上了手術臺，聞到麻醉劑，更令她恍惚、不安。

已經有段時日，麻醉劑的管制，不再嚴格。這天，安娜忍不住偷了兩瓶。

當晚，撒旦意外來電，神秘的說：「需要否？」她客氣回絕。同時，她整理小眞的書包，發現有高級的巧克力糖！她想追根究底，但一心急享晚上的藥癮，只等小眞睡著，她要登上自己的天堂。

隔天，上學途中，小眞告訴她：「糖菓是爸爸帶來的阿姨送的。」她不想破壞小眞上學的情緒，忍住澎湃的忿厭。

到了醫院，進入開刀房，尙未換上手術服，安娜就被叫到護理長室。冷嚴的護理長，一臉沒有血色沒有情慾痕跡的表情，一絲不苟的說：

「安娜，妳昨天又拿走兩瓶藥了……」

肯定的口氣，沒等安娜答辯，又繼續說：

「限妳明天拿回來補足，我再原諒妳這次，也是最後的機會！」

安娜無心上班，唯一能救她的撒旦，又沒有排到，人在家裏兼差。中午，她只好打電話硬闖，不巧是撒旦老婆把關，她心虛掛下電話。心想：「也許晚上撒旦會心電感應來訪！」

今晚，陪女兒溫習功課，明天要月考，她時常心不在焉，令女兒反感不悅。到了九點，電話眞的響起：

「喂，我是小眞的老師，請問妳是？」

「喔，老師有什麼指教？我是小眞的媽媽。」

撒旦沒來，卻來位天使傳福音。

小眞的老師，方從師專畢業的小伙子，還未掉入社會染缸，教學熱誠認眞，自負天降大任的使命感。他在電話中，大談小眞的繪畫天份，滔滔半個小時，結尾要家長重視小孩太過早熟！

那晚，安娜苦等電話再響，終於疲倦睡著了。

隔晨，母女倆各懷悲觀心情去上班及上學。

但安娜卻有兩則驚喜，護理長請假二天，順利找到撒旦。到了中午，她請整個下午的假。

在她的住處，對一同前來的撒旦說：

「我只要一瓶藥，拿去補足交差，今天我不打藥了。」

撒旦堅決的說：

「不行，不打藥，不刺激。我給妳兩瓶，一瓶現在用。」

安娜生氣譏他：

「你不是愛我，是在害我！」

被說得不好意思的撒旦，沉默片刻，理直氣壯反駁：「我那個時候說過愛妳？本來從頭到尾只是一場買賣，如果妳反悔，那麼我馬上離開。」

5

安娜穿越黑洞後，逐漸醒來，時間下午五點。

她惴惴地喃喃道：

「糟了！睡昏。小眞今天考試，提早放學，一定還在醫院等我！」

她隨便穿上衣服，四肢乏力推門而出，但客廳的景像，令她驚愕地快速回房，慘慘自言自語：

「天啊！世界末日。」

冷靜後，她理正衣著，硬著頭皮，踩起細步，回到客廳。女兒不理不睬坐在沙發，觀看電視的卡通片。安娜坐下來，款款的問著：

「小眞，媽媽很抱歉，讓你自己回家，幾時回來的？」

女兒似乎迷上卡通的情節，沒有回答問題，她有點急，心虛追問：

「小眞，說話啊！」

直到電視的廣告時間，小眞才興師問罪的說：

「我在醫院等了很久，開刀房的阿姨才出來說媽媽下午請假。我回家時，在樓下遇見最討厭的醫生叔叔，他說：媽媽妳生病了。」

安娜稍微放心，畢竟上次穿梆，母女冷戰一段時日，但小眞突然迸出警告：

「爲何醫生叔叔來看病時，媽媽都不穿衣服？這樣……如果爸爸知道，又會生很大的氣喔！」

雖小小年紀卻已看出大人的醜聞，安娜清楚女兒在諷刺她！她想掩飾辯白，小眞居然不耐的說：

「人家要看卡通了。」

她是個破敗的母親，頹然地回到那個令她羞愧的臥房。

上班時，她依約見了護理長，也寫下悔過書。但到了月底的院務會議，安娜變成承當所有失竊管制藥品的代罪羔羊。要她主動辭職，否則送警法辦。

事態驟變，引起同事的嘩然，安娜痛哭失聲接受這晴天霹靂的處罰。這意味，她的生活將馬上陷於困境。

下午，小眞很驚喜的說：

「媽媽，妳今天最準時下班！」

安娜想及已是大海中最後一塊浮木，危急之時，她仍是堅強的媽媽，鎭定的說：

「小眞，我們今晚去吃麥當勞。」

天眞孩子以爲大人要慶祝什麼特別節目，高興地回家洗澡換漂亮衣服。因爲吃客美式速食，對小孩而言，彷若大人到西餐廳吃客A餐之隆重。

整晚，安娜的微笑，像百貨公司的電梯小姐，裝飾出來。而內心一片空白，等待明天起另個命運的色彩之潑灑！

現代人廉價的同情，骨質皆是幸災樂禍，安娜週遭的朋友、同事，有誰能幫助她呢？太早的戀情，過早的婚姻，使她執著於情人、丈夫、女兒。如今在茫茫人海，舉目所望，都是擦肩而過的路客！

二天後，小貞才知道媽媽不去醫院上班了，臺北的孩子，很早就有名利觀念，所以世故的問著：「誰來賺錢呢？」

半個月來，安娜能輕易找到工作，但如何配合小貞的作息，就很難了。她是爲孩子而活著，但孩子卻是工作上的絆脚石。

一個月後，她沮喪坐困愁城，微少的積蓄，經不起失業的虧空。而撒旦來電，激起她謀生的智慧，也許能暫時苟安，此刻只好走一步算一步。

撒旦依約前來，交易之前，安娜詭異的說：

「林醫師，我可算是你的情婦吧？」

一頭霧水的撒旦，急急強調：

「什麼情婦啦！我倆之間只是買賣。」

安娜咄咄逼人：

「我又不是應召女郎！我們是同事，所以日久生情。」

撒旦心裏發毛，直辯：

「妳不要自作多情，我是冷血的。」

「對！我是自作多情，我已經愛上你了，你要有個交待。」

平常佔盡便宜的撒旦，恍然大悟他將付出不便宜的代價，他開始慌亂了：

「安娜，妳被解職的事，不是我的錯，妳到底要怎樣？」

人如果喪失廉恥，就能絕處逢生，仁義大道往往輕易置人於死地。安娜顯現從未有的鬪志：

「我只要當你的情婦，我付出身體，你付出生活費。」

撒旦這下呆住，沒想到中了慢性仙人跳！他無法拒絕對方索求，因爲，他的地位身份，經不起醜聞風暴。節儉的他，雖視錢如命，也只好暫時妥協。

他得到一支鑰匙，被約定：「晚上不能來，白天隨時候教。」他自信冷笑著，終將反敗爲勝。

安娜拿了五萬元，可生活二個月，暫無後顧之憂，能盡全力找職業。而撒旦的盤算，會在這段期間，徹底摧毀敵人。他倆的關係，親蜜得肌膚相親，卻虛僞得背道而馳。

二個月後，安娜找到一份最不喜歡的工作，幫墮胎公司，麻醉淒苦的母體。生活已解決，但她發現自己的身體，胸部鬆垂，皮膚乾粗，臉起肝斑，她驚覺必是撒旦加重藥劑，暗施毒手。

上班前一天，她向撒旦表明：

「我想通了，不再當你的情婦。」

做作的撒旦，假惺惺說：

「怎麼這樣隨便？想當就當！不想當就……」

安娜打斷他的話，一針見血的說：

「不要假仙啦！其實你內心很高興，我不會再纏你。」

雙方戰戰兢兢結束邪鬪，表面不分勝負。安娜以爲找到工作，就能屏棄撒旦，但避掉魔鬼，卻揮不走魔鬼的符咒。

上三個月班，換四家醫院。

安娜發現生活的最大敵人，卻是深篤的藥癮。因她有偷藥的惡習，很快地，在這條墮胎街的婦科界，她被列為拒聘的黑名單。

失業、藥癮雙重打擊下，小眞經常半夜被鄰房的呻吟聲驚醒，她在日記寫道：「媽媽生個怪病，晚上不睡覺，像不乖的小孩，抱著枕頭大哭，可能想念不再回家的爸爸。」

施蠱的撒旦，早已逃之夭夭，而且躲避起來。

安娜起初還有所諱飾到處找他，總是遭到把關及騙推。瀕於滅頂之人，必然會抓住任何機會。

這天，她不顧一切直闖醫院的開刀房，同事極度驚異中，因為離開才半年，她已被外面世界折磨成一軀失神失水的行屍走肉。而且卯住準備替病人開刀的撒旦，更引起全院議論紛紛。

撒旦為了息事寧人，很快離開醫院，來到安娜的住處。他嘗到作孽的後果，因安娜已經發狂，而發狂之人，會做出傷人傷己之舉。他嘗試講理的說：

「妳到底要怎樣？說分手也是妳說的，如今妳又來找我！」

弱者拚起命來，強者照樣害怕及措手不及。安娜說：

「我又要當你的情婦，條件跟以前一樣。」

撒旦眞的害怕了，他享用的女體，不再豐腴鮮汁，而是乾癟癡癱，遲早會闖出大禍。爲自己前途，他也有勸善的一天：

「這樣下去，妳會中毒而死，我給妳一筆錢，妳帶著女兒離開臺北。」

安娜不禁哈哈大笑：

「想不到，你也會關心我！好吧，我要五十萬，一毛也不能少。」

撒旦又急又恨，心想：「安娜才是眞正的撒旦！」這筆錢，不是小數目，而經濟大權又被太太握住，這也許是個報應。他訕訕的回答：

「後天，我回答妳。」

6

撒旦一進家門，消息靈通的太太早已大刑侍候。

但是，夫妻面臨外敵壓境，先擱下私怨，共商退敵計策。

三天後，撒旦應諾前來，說是忘記帶鑰匙，門是安娜開啓的。

在臥室，安娜收下即期支票乙張，同時撒旦體諒她的身體已惡化，今天不想打針。她眞摯獻出感恩的第一次，在沒有麻醉藥效下，她卻有一股從未有的羞恥感。

於床上，撒旦抱緊她，踢掉被單，兩者赤裸身子，彷若對準鏡頭，想拍個紀念照片。

這個時候，大門被打開，急促腳步聲………

臥門被撞開，一陣叫罵，闖入一男一女……

撒旦按住想遮羞的安娜……

男的快速拍照……

女的開腔：

「我是林太太，這些是證據，我要告妳妨害家庭，妳這個不要臉的，準備坐牢吧！」

撒旦一家人演戲，太太是導演，，丈夫當男主角。而男女主角大演床戲，導演卻醋火大發，下戲後，就給男主角一記耳光，馬上清場。

安娜默默穿上衣服，沒有流淚，不再驚慌，她已淸楚，撒旦永遠是撒旦！她不能去坐牢，法律是保護懂得運用法律的人，她是個弱婦人，只祈求法外情的通融。

客廳的受降儀式，醫師夫人省掉潑婦罵街的致詞，而是冷酷幾句，像職業殺手，刀刀要害。安娜交出五十萬的支票，又寫下契結書，從此命運操在人家的手中。

整個下午，燠熱的臺北，突然烏雲密佈，雷電交加，下場傾盆大雨。

安娜全身濕透，仍然冒雨趕路，她要去接小眞放學。一路上，她想著命運的青紅燈……

她早婚，早有孩子，像一般職業婦女，努力賺錢，存錢，想幫先生能在臺北立一席之地。

先生卻沒有好的謀生能力，只夢想成爲作家，說好：「她外出工作，他在家看孩子，一面寫作。」一任何犧牲，都爲了愛。

孩子長大，先生寫作沒成，她把愛轉給孩子，冷落了丈夫。

現實社會的逃避者，在外面又築起寫作詩情，又有個善良少女，像當初的她喜歡先生那款文質彬彬的風采，而掉入焚身的火坑。

她獨帶著女兒，在競爭的大都會，面對精神及物質的壓迫，艱苦活著。如今，她已遍體鱗傷，走投無路，不妨帶著女兒去尋求一處安息的永生。

雖然沒有人能形容那是個什麼世界，但至少是新的里程碑，能使她解除這身殘疲破敗的身軀……

這晚，她仍抱著一線生機，打電話給小真的老師：

「是王老師嗎？我是小真的媽媽。」

「喔！有何指教？」

「老師，你喜歡小真嗎？」

「當然喜歡，我都喜歡我的學生。」

「老師，你還未結婚吧！有沒有女朋友呀？」

「這是我的私事，這與小真有關係嗎？」

「沒有……沒有……對不起，我只是隨便問問。小真時常受老師特別照顧，我是怕影響你的時間。」

「不會的，我聽小真說，妳生病了，也不在原來的大醫院上班！是不是生活發生困難？」

「還過得去，謝謝你的關心。」

「學期還剩下一個星期，下個學年，我將結束師範實習，要去當兵了，也就無法特別照顧小眞，請妳多多保重。」

「老師……這……」

「妳怎樣了？」

「老師……我會是個好媽媽，……照顧……小眞。」

她走至人生盡頭，最後一絲希望，也破滅了，如此好的老師，也將離去。

她放下電話，來到書房，女兒的小臉，抹道憂鬱的浮雲，又是寫字寫睡了。大人上班累，小孩上學也累，都是爲實現未來的理想而累。

夜深，準時，藥癮發作，安娜從下午至現在，一直想到死的解脫。死代表結束人生，了卻原罪的痛苦，她已具備死的十足條件，唯一割捨，是否帶女兒同行。

小眞有她的山地血統，又有個悲劇母親，即使回到爸爸身邊，仍將受到婆家的歧視。而她的痛苦，將加倍留給小眞了。乾脆母女共生共死，黃泉路結伴。

7

第一現場：臥室，10:20P.M.

小眞躺在床上，抱住心愛的大狗熊布偶，熟睡中。

安娜臉色青冷，拿條毛巾被蓋住小眞的臉，閉緊雙眼，雙手力壓。

小眞只掙扎一下，雙腳伸直不動。

安娜終於熱淚涕流，喃喃：「小眞妳先走，媽媽就來了。」

電話斷斷續續響起……

安娜加速行動，拿出手術刀割深手腕，鮮血像噴泉，她倒在女兒身旁，臉表微笑，因爲即將離開這悲情世界，投向另個無憂無慮的空靈。

第二現場：臥門，10:45P.M.

小眞突然坐起，扯掉毛巾被，（大狗熊頂住窒息的力壓，她只是昏暈。）見到地板是血，床上是血，媽媽一身是血，她驚駭得下床，想跑。

恍惚的安娜，死命抓住小眞的腿部，嘶喊著：「小眞……跟媽媽一起走！」

小眞不解媽媽爲何這樣做，求生本能使她揮起大狗熊朝向媽媽頭部一次一次打！她終於掙脫，衝出臥門，跑到客廳，黑暗中，她被椅子絆倒。

第三現場：客廳，11:00P.M.

安娜跌跌撞撞打亮客廳的燈光。像嗜血的母夜叉。

小眞躲躲閃閃，像驚嚇的小鹿。

母女玩捉迷藏，滿地狼藉。

「小眞……來呀……趕快來救媽媽。」大人半哄半騙。

「不要……媽媽妳用被子悶得我好難受！」小眞質疑。

「快呀……救救媽媽……媽媽快死了。」的確，安娜已呈虛脫。

小眞聽到媽媽會死，她不能沒有媽媽，否則放學後，家裏只剩她一人，好可怕！因而一步步小心地靠近媽媽。

安娜出其不意，掐住小眞的脖子，盡其餘力，哀哀的說：「跟媽媽一起去死啊……」

小眞拚命反抗，困難的說：「不好呀，明天老師要我去參加畫圖比賽……不行呀……」

此刻——

門鈴急響，有人敲門。

第四現場：警察局，3:00A.M.

做完筆錄的王老師，疲憊走出警局，天快亮了。

他一直自責：「如果早半個小時趕到，小眞就不會失去媽媽！」

他仍要趕去醫院，探望正在急救的可憐小女生。

8

學期結束後，王老師等待服官役期間，有空，就去醫院探望復建中的小眞。

小眞脖子紫黑的勒痕，逐漸消退，但聲帶已重創，每次見她失聲卻用心複誦123
45……王老師都噙住眼淚。

他也見到小眞所謂的「爸爸」，以及到目前，仍在忌恨媳婦的小眞的祖母。小眞的媽媽，沒留下半張遺書，沒有人能知道事情眞相，是誰逼害這可憐媽媽走上絕路，而且狠心地要帶走自己最疼愛的女兒!?

他永遠忘不了，當初衝入血宅時，扳開小眞媽媽血污的雙手，救出昏迷的小眞，小女孩仍夢囈的說：「媽媽的手……」

退役後，他被分發至南部省城，小眞的事，逐漸被時光淡忘。

在一次教學參觀活動，於新化啓聰學校所安排表演手語的失聰學生中，他驚喜地，發現已長高長大的小眞，娟秀分明的五官，頭髮綁個長辮，眞叫人憐愛的小美人。師生異地重逢，彼此格外高興，小眞能聽但失聲，他亦不懂手語，所以他發問，小眞寫字回答。

「……六年級了……住校……星期六下午才回臺南爸爸的家。」

他不想問多，怕觸及小眞的舊傷痕。不久，小眞帶他來到美術室，指著榮譽榜上一張圖：

「畫著一位媽媽，誇張地擁有許多隻手。每隻手都有任務，例如做家事、帶孩子過馬路……等。」

他不禁拉緊小眞的手，嗚咽地問著：

「有沒有去祭拜媽媽呢？」

小眞畫個圖：

「一張爸爸不高興的臉！」

這個世界，到底誰對？誰錯？

到了中元鬼節，他想替小眞做件有意義的事，買了鮮花，來到臺北市郊的淨修院。在納骨塔旁的功德堂，他百思莫解迷惑了。因爲小眞媽媽的骨罎，被恭奉在大廳，正由高僧誦經超渡，場面排得盛大。

他一番祭拜後，找上院方主持，問著：

「主家還是眷戀故人情!?」

主持慈祥望他一眼，才說：

「王老師，不是這樣的。三年前，主家來買個塔位後，就沒有人來過！直到一年前，有位臺北來的醫生娘，花大錢替亡靈做功德，拜血盆經，今年又來拜大藥師經。」

「這位濶太太是誰？」

「王老師，你相信因果嗎？」

「喔……我是現代人，講求科學……」

「那麼我就不說了，不過，王老師以前你替亡者張羅火化喪事，所種下福田，你已經在慢慢收成，善哉，善哉。」

他是不懂，也不想去了解，只是嘆息，對已死去的人作宗教形而上的補償，那只是說服陽界之人的內疚不安。

當他走經淨修院的大殿，不禁參禪悟法的說：

「媽媽的手——

不就是殿內奉尊的十八隻手菩薩嗎！」

一個叫林阿昭的女人

黃子音 著 NT:180

六篇愛慾中篇小說，描述人世間的愛慾情仇；有痴愚的男女之愛、溫馨的人狗之愛和如夢似真的人與畫之愛。

黃子音以她慣有的冷凝筆法，譜成一段段看似平淡，其實精采活潑的故事，這即是真實的人生！

晨星文學館 10

吹笛人

著者　汪笨湖

發行人　陳 銘 民
發行所　晨星出版社
台中市工業區30路1號
TEL:(04)3595820　FAX:(04)3595493
E-mail:morning@tcts.seed.net.tw
郵政劃撥：02319825
行政院新聞局局版台業字第2500號
法律顧問　甘 龍 強 律師
排版　伊甸殘障福利事業基金會附設企業部
印刷　優美印刷廠
初版　中華民國77年12月20日
十刷　中華民國87年8月30日（18001～20000本）

總經銷　知己有限公司
〈台北公司〉台北市羅斯福路二段 79 號 4F之 9
TEL:(02)23672044 FAX:(02)23635741
〈台中公司〉台中市工業區 30 路 1 號
TEL:(04)3595819　FAX:(04)3595493

定價180**元**
（缺頁或破損的書，請寄回更換）
ISBN 957-583-635-9
Published by Morning Star Publisher Inc.
Printed in Taiwan

國家圖書館出版品預行編目資料

吹笛人／汪笨湖著；－－初版.－－臺中市：晨
星，民77
面；　公分.－－（晨星文學館；10）
ISBN 957-583-635-9（平裝）

857.63　　87002457